MORDSERFOLG

W0071945

Eine Anthologie aus Anlass des dreißigjährigen
Bestehens des Picus Verlags 2014

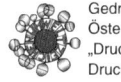
Gedruckt nach der Richtlinie des
Österreichischen Umweltzeichens
„Druckerzeugnisse",
Druckerei Theiss GmbH, Nr. 869

Grafische Gestaltung: Dorothea Löcker, Wien
Umschlagabbildung: Michael Sowa
Druck und Verarbeitung:
Druckerei Theiss GmbH, St. Stefan im Lavanttal
ISBN 978-3-7117-2014-6

Informationen über das aktuelle Programm
des Picus Verlags und Veranstaltungen unter
www.picus.at

MORDSERFOLG

Sechzehn Kurzkrimis

Herausgegeben von
Dorothea Löcker und Alexander Potyka

PICUS VERLAG WIEN

INHALT

Theodora Bauer

LETZTE STUNDEN

Es hätte nämlich auch so sein können – nein, eigentlich sein müssen –, dass sich alles ganz anders zugetragen hätte. Dass eingetreten wäre, was man landläufig als natürliche Konsequenz des Vorhergegangenen voraussetzt. Dass die Dinge schlicht und einfach stimmen. Aber nein, so ist es nicht gewesen, sondern anders, und Thomas fand sich an einem Ort wieder, nämlich immer wieder, von dem er sich eigentlich inständig weggewünscht hätte. Er hatte es hier mit mächtigeren Kräften zu tun, das war ihm nun klar, mit etwas Unbeschreiblichem, Großem, etwas, das außerhalb seiner Kontrolle lag. Thomas kam sich vor wie ein kleines Kind, wenn er so dachte, wie einer dieser traurigen Spinner, die etwas auf Astrologie gaben und den Lauf der Sterne am Himmel verfolgten, als würden sie an irgendeinem Abend tatsächlich einen anderen Weg einschlagen als den vorgegebenen und alle Beteiligten damit überraschen.

Thomas hatte schon länger darüber nachgedacht. Er hatte damit begonnen, sich U-Bahn-Stationen anzusehen. Das wäre nicht schlecht, dachte er sich, un-

9

bestritten; ein kleiner Schritt nach vorne, ein verdutztes Aufstöhnen unter den Umherstehenden, vielleicht ein spitzer Schrei, doch dann wäre es vorüber. Thomas fragte sich, ob man aufräumen müsste nach so einem Zwischenfall – sicherlich würde man müssen – und wie sich das gestalten würde. Bis wohin ging es, würde etwas auf dem Bahnsteig zu sehen sein, würde es am Ende gar die Leute treffen? Er wusste es nicht. Dann dachte Thomas an den Fahrer, an die schreckgeweiteten Augen, an seinen Mund, zu einem starren O verzogen – dass er nach Hause gehen müsste mit dem Gefühl, das dieser Aufprall hinterlässt –, dass er es sehen würde … Thomas bedachte diese Dinge. Er kam schlussendlich von den U-Bahn-Zügen ab.

Die nächste Möglichkeit wäre eine klassische gewesen, verhältnismäßig einfach, wenn man die Schnittrichtung beachtet. Man könnte den Schaden gering halten, wenn man sich beispielsweise in eine mit Wasser gefüllte Wanne legte, um die Einrichtung nicht zu beschmutzen und die Sache schneller zu einem Ende zu bringen. Aber dann dachte Thomas daran, wie es sich anfühlte, sich zu schneiden, auch nur mit einem Blatt Papier, und wie es aussehen würde, das Blut, so außerhalb des Körpers, dort, wo es eigentlich nicht hingehörte – er würde all dieses Blut sehen müssen, bevor es vorbei wäre – er wollte es nicht sehen … ihm wurde ein wenig schlecht bei diesen Gedanken. Also kam er vom Messer ab.

Pistolen schloss er aus. Er hatte Zeit seines Lebens nichts für martialische Gesten übrig gehabt, und deshalb machte es keinen Sinn, sein Leben jetzt mit einer solchen zu beenden. Aber ein Strick, ja, das könnte ihm gefallen. Wenn man es richtig machte, wäre es schnell vorbei. Es gäbe kein Blut, was ihn persönlich sehr für diese Methode einnahm. Diejenigen, die ihn fänden, hätten nur mit einem leichten Schreck zu kämpfen; das Bild in ihrem Kopf hätte sich bald in der Belanglosigkeit einer verwegenen Geschichte verloren. Es sah ja im Grunde wildromantisch aus, wenn einer dahing, alleine, im Wald, wenn sich die Nebelschwaden unter seinen Füßen kräuselten und aus der Ferne nicht ersichtlich wäre, ob er nicht vielleicht doch noch stünde, nicht gerade dabei wäre, das Holzscheit wegzutreten, das er sich aufgestellt hatte. Man würde vielleicht hinstürzen, sehen, ob man nicht doch noch helfen könnte. Doch da wäre nichts mehr zu machen; die Dinge wären schon geschehen. Das hatte etwas sehr Beruhigendes.

Thomas genoss diese Gedanken. Es war ihm dabei so leicht ums Herz wie schon lange nicht mehr. Das erste Mal seit langer Zeit hatte er angenehme Empfindungen bei dem Gedanken an seine Zukunft. Das Leben und seine ganze Misere troff nicht aus den Dingen hervor oder sprang ihm aus seinen Gefühlen entgegen, sondern ergoss sich nun wie eine breite, träge Masse hin zu einem durchaus absehbaren Horizont. Thomas fühlte, dass er zufrieden war. Das war kein schlechtes Gefühl. Er beließ es dabei und begann zu planen.

Thomas ging in den Baumarkt und ließ sich beraten. Er gab vor, eine Schaukel für sein Kind bauen zu wollen – das Kind sei übergewichtig –, das Seil müsse also genau die richtige Stärke haben, um zu tragen und trotzdem flexibel genug sein, um es an den kleinen metallenen Haken am Querbalken der Schaukel auch sicher einhängen zu können. Thomas war sehr stolz auf diese Ausrede und trug sie mit der ihm eigenen Ausdruckslosigkeit vor. Der Verkäufer schöpfte keinen Verdacht, gab ihm das richtige Produkt und wünschte ihm zum Abschluss sogar noch viel Spaß damit. Thomas bedankte sich. Die Grüße an das imaginäre Kind würde er nicht überbringen.

Thomas stapfte durch den Wald. Er war nicht sehr glücklich darüber, dass das Wetter an diesem Tag nicht angemessener war. Es war feucht und etwas zu warm für einen Herbsttag, von Nebelschwaden keine Spur. Das nasse Laub klebte ihm hartnäckig an den Stiefeln, schwer hängte sich die aufgeweichte Erde, die unter der Laubdecke verborgen lag, an seine Sohlen. Er hatte den Baum einige Tage zuvor ausgewählt. Das war eine besonders pikante Angelegenheit gewesen, da er bei seiner Suche zwei Spaziergängern begegnet war. Er hoffte inständig, dass ihm heute niemand über den Weg laufen würde und dass sich die Leute stattdessen bequemten, ihn erst zu finden, wenn er die Sache auch tatsächlich zu einem Ende gebracht hätte.

Thomas knüpfte auf. Es war nicht schwer. Er hätte es auch bewerkstelligt, wenn er zuvor nicht geübt hätte. Das Holzscheit, das er mitgenommen hatte, war etwas zu hoch, sodass er nun mit der Nase am erwählten Ast anstand. Thomas blinzelte diesen Ast an; er roch den morschen Geruch, die leichte, aber dennoch lebendige Fäulnis, die von ihm ausging, und dann machte er einen Schritt nach vorne.

Als er wieder zu sich kam, lag er auf dem Boden. Thomas tastete, griff auf die Schlinge um seinen Nacken. Er würde Blutergüsse haben, blaue Schrammen, würde einen Schal tragen müssen. Sein Kehlkopf fühlte sich seltsam an, wie ein eingedellter Golfball steckte er ihm im Hals. Thomas rappelte sich auf. Am Baum hing ein abgerissenes Seil. Etwa dreißig Zentimeter unter dem sorgfältig geknüpften Knoten franste das Seil in die herbstfeuchte Luft hinein, hing unschuldig da, als wäre nichts passiert. Thomas hielt mühsam ein Schnauben zurück. Was für ein lächerliches Unterfangen! Er sah sich um, knüpfte wieder ab und stapfte mit ungelenken Schritten durch das knöcheltiefe Laub davon. Gerade noch rechtzeitig erinnerte er sich daran, die Schlinge vom Hals zu nehmen, bevor er auf den Parkplatz trat. Das Holzscheit hatte er liegengelassen; es mochte ja sein, dass jemand anderes Verwendung dafür fand, der mehr Glück hatte als er.

Zu diesem Zeitpunkt hatte Thomas noch an einen Zufall geglaubt. Dieses Vorkommnis war ihm als eine unwahrscheinliche, aber logische Ausnahme erschienen, etwas, das jedem passieren konnte, wenn sich die Umstände nur richtig fügten. Und da es zu den unangenehmen Dingen auf dieser Welt gehörte, musste es natürlich auch ihm passieren. Es hätte ihn nicht einmal sonderlich überraschen dürfen, dachte er damals. Aber nun wusste er es besser.

Thomas kaufte sich ein Zelt. Er hatte von einer Methode gehört, einer ganz einfachen, schmerzlosen; einer, die mit erfreulich wenig Blut auskam. Man brauchte lediglich einige Einweggriller, Kohle und Werkzeug zum Unterzünden. Dann hatte man zu warten, bis sich genügend Kohlenmonoxid im Zelt gebildet hätte, und dann wäre es vorbei. Thomas baute also auf, entzündete die Griller, spürte noch eine Falte im Zeltboden, als er sich niederlegte, und dann wusste er nichts mehr. Als er wieder erwachte, waren die Griller ausgebrannt und Thomas war noch am Leben. Er setzte sich auf und sah auf die Uhr. Keine dreißig Minuten war er da gelegen; die erhoffte Ewigkeit war enttäuschend schnell vorbei gewesen und hatte nur ein ekliges Gefühl in ihm hinterlassen. Sein

Kopf schmerzte, ihm war furchtbar schlecht, aber er würde sich nicht übergeben. Kotze mochte er ebenso wenig wie Blut. Thomas tastete am Zeltrand entlang, es dröhnte ihm in den Ohren, und dann entdeckte er, dass eines der Lüftungsfenster nicht verschlossen gewesen war. Fast schon höhnisch sah ihn das halb geöffnete Fenster an, seine Lasche hing provokant herunter. Thomas hatte dieses Fenster vorher geschlossen. Er war sich nicht sicher – er wusste es. Und wieso brauchte ein Zelt überhaupt Fenster?

An diesem Punkt begann Thomas zu zweifeln. Nicht an sich selbst, nein, er schien sich noch am vernünftigsten, am ehesten berechenbar in dieser ganzen Kette von unerfreulichen Ereignissen. Zwei Mal hatte er es nun schon probiert, zwei Mal hätte es klappen müssen, und zwei Mal war es missglückt. Irgendetwas hatte sich gegen ihn verschworen, hatte sich ganz entschieden gegen ihn gewandt, das wurde Thomas nun klar. Er spürte es in der Materie, die seine Zellen waren, in den kleinen Zwischenräumen und Bahnen, die sie miteinander verbanden. In seinen eigenen Code, in seine DNA war eine Möglichkeit eingebaut, ein Shortcut, ein höhnischer Opt-out-Button, dessen er bis dato nicht gewahr gewesen war. Operationen zur Selbstzerstörung wurden nahtlos abgebrochen, es war unmöglich, diesen Computer herunterzufahren. Welche Barbarei! Nicht nur war er selbst ein Fehler in der

Materie, ein tragisches Missgeschick im Quellcode, ein Plug-In, das sich beständig selbst zum Absturz brachte, nein, man hatte es ihm auch verunmöglicht, diesen Fehler, den er doch so deutlich sah, zu beseitigen. Etwas Falsches zu sehen, ohne es ausbessern zu können? Immer im Angesicht eines derartigen Patzers leben zu müssen? Thomas wusste nicht, womit er das verdient hatte. Aber er war sich ziemlich sicher, dass derjenige, der seine Lage zu verantworten hatte, sehr genau wusste, was er tat.

Nun würde Thomas auf Nummer sicher gehen. Er hatte mit großer Mühe einen Berg erklommen – derartige Anstrengungen lagen ihm nicht –, und nun stand er schweißgebadet und von einem eigenartig scharfen Odeur umfangen an der Kante, die ihm nun endlich zu seinem Ende verhelfen würde. Er hielt die Nase in die Luft, der trockene Herbstwind blies ihm kühl um die Ohren. Ihm war nicht kalt; er war viel zu erhitzt dafür. Thomas hatte sich diesen Abbruch angesehen, von oben und von unten. Er hatte eine schmale Wand gewählt, etwas zu schmal vielleicht, aber es war die einzige, an der es keine Felsvorsprünge gab, auf denen er auf wundersame Art und Weise zum Liegen hätte kommen können. Die Wand war keine fünf Meter breit, dafür ging es sicher gute dreißig bis zum Boden. Dort, wo er aufkommen würde, war nur Stein. Erst einige Meter darunter verflachte sich der Grund und mündete wieder in den Wald. Zu beiden Seiten der Wand wuchsen einige erstaunlich mächtige Föhren in den Himmel. Thomas wusste nicht, wie sie es hier aushielten, im faktischen Nirwana stehend, auf unmöglich kleinen Vorsprüngen aus Stein, genährt von Luft und Sonne und der Pisse einiger Wanderer, die sie wohl genau von dieser Kante aus wässerten.

Ein Windstoß fuhr ihm über den Kopf. Thomas strich sich das Haar zurück, schüttelte es aus den Augen. Der Wind hatte in der letzten Stunde an Kraft gewonnen, die Föhren zu beiden Seiten der Wand schwankten bedenklich. Thomas blickte in die Ferne. Er kam sich einen Moment lang waghalsig vor, heroisch sogar, wie ein tragischer Held, der sich gegen die unbesiegbare Übermacht wendet und einen selbstlos aufopfernden Kampf dagegen führt, dessen Ende im Nachhinein immer sehr absehbar scheint. Thomas spürte, wie ihm der Wind in die Lungen zischte, wenn er den Mund öffnete, wie er sich ihm in den Rachen drängte und ihm regelrecht den Atem nahm. Dann machte er einen Schritt nach vorne. In diesem Moment sah er aus dem Augenwinkel ein grünes Rauschen, er prallte auf etwas, krallte sich daran fest, dieses Etwas prallte auf etwas anderes, es tat einen enormen Krach, und dann wurde ihm schwarz vor Augen.

Das Erste, was Thomas spürte, war, dass ihn fror. Er blickte sich um; die Sterne standen am Himmel, in der Ferne blinkte die Stadt, und hoch über allem der Mond, der heute mit ungewöhnlicher Helligkeit auf ihn herunterleuchtete. Thomas sah an sich herab. Er lag auf einer – nein, auf zwei Föhren – sie hatten sich in der Wand verkeilt – sie mussten gestürzt sein, als er gesprungen war. Thomas konnte es nicht fassen. Die Stille dröhnte ihm in den Ohren, weit in der Ferne das leise Brummen der Autobahn. Sein Arm tat höllisch weh. Thomas merkte, dass er zwischen den zwei gefallenen Föhren verkeilt war. Er zog den Arm vorsichtig heraus; das war ein saftiger Bruch. Welch Ironie des Schicksals, dass er nach seinem Selbstmord noch etwas spürte! Thomas setzte sich auf, mit einem kleinen Sprung stand er auf dem Boden. Die Föhren schimmerten weißlich im Mondlicht; er konnte sehen, dass sie sich keinen halben Meter über dem Boden in der Wand verkeilt und seinen Fall gebremst hatten – wie ein Rauchfangkehrer, der die Beine an die Mauer klemmt, um nicht abzustürzen, oder wie übermütige Jugendliche, die den Türrahmen für derartige Turnübungen nutzen. Thomas blinzelte, fast nachdenklich blickte er auf die Stämme, dann wandte er sich mit einer abrupten Bewegung ab. Er stieg im Mondlicht hinunter; für einen Unfall war es viel zu hell, und außerdem hätte er dazu nun nicht mehr die Kraft dazu gehabt. Thomas fuhr mit einem gebrochenen Arm nach Hause und wies sich dann selbst – was für eine Erniedrigung – ins Krankenhaus ein.

In der Notaufnahme hatte man nicht viel gefragt. Das hatte ihn am meisten gewundert. Da kommt einer mitten in der Nacht und sagt, er habe einen Alpinunfall erlitten, und niemand fragt nach. Thomas war nach Hause gefahren, hatte kurz und unruhig geschlafen, und nun war er wieder auf den Beinen. Die Menschen um ihn herum quollen in Trauben von der einen U-Bahn-Station in die andere, ein träges Gleiten, ein dicker Fluss ihm gänzlich unbekannter Individuen. Thomas zögerte kurz, immer zögerte er kurz; auch nach so vielen Jahren in der Stadt wusste er noch nicht, welchen Abgang er nehmen sollte. Er warf einen kurzen Blick auf die Schilder, gleich darauf hätte er sich schelten können, dass er es überhaupt vergessen hatte, und nahm den linken Abgang zur U-Bahn, die stadtauswärts fuhr.

Es ist nämlich so, dass sich zwei Dinge physisch nicht zur selben Zeit am selben Ort befinden können. Es kann sich immer nur ein Ding mit sich selbst am selben Ort befinden, dann ist es mit sich selbst identisch, und alles, was das nicht ist, was also nicht dieses Ding ist, das eigentlich da ist, das wird zerquetscht oder gefressen oder verpufft oder es ist schlicht nicht vorhanden. Thomas wusste das. Er setzte sich. Die Bänke in der Station waren weiß und immer mit einem bemerkenswert hartnäckigen Film beschmiert, aus Fett und Dreck und manchmal Taubenscheiße. Taubenscheiße in den offenen Stationen. Dies hier war eine offene Station. Man konnte die U-Bahnen sehen, wie sie einfuhren, von einem kleinen Hügel herunter bis in die Station hinein. Wegen des Hügels sah man die Bahnen schon vom Bahnsteig aus, konnte sich fertig machen, aufstehen, sich an die Stellen begeben, an denen sich die Türen öffnen würden, bevor sie sich noch vor einem selbst manifestiert hatten. Der Hügel war kaum zu bemerken, wenn man in der Garnitur saß, aber von hier aus sah man ihn deutlich. Thomas war diese Strecke schon oft gefahren. Thomas war alle Strecken schon oft gefahren und hatte sich überlegt, wo es am besten wäre. Er blieb sitzen, ließ einige Züge durchfahren, beobachtete, wie sie die Hügelkuppe hinunterglitten, wie sie sich um eine kleine Biegung am anderen Ende der Station wieder entfernten. Er saß da und wartete. Thomas wusste nicht, worauf er wartete. Der Gipsarm in der Schlinge stand seltsam von ihm ab. Er hielt ihn immer ein bisschen angespannt, obwohl er ihn eigentlich in die Schlinge hätte sinken lassen können. Er wusste nicht, wieso er das tat oder vielmehr, wieso er das nicht tat. Thomas wusste vieles nicht. Aber er hatte sich damit abgefunden. Man hatte ihn gebrochen, nicht nur den Arm, alles an ihm, den Willen, die Struktur, das Alles, in dem er sich befand. Thomas konnte kein Ende finden. Er hätte es gerne so beendet, wie es sein Stil war – sauber, glatt, *clean* – und jetzt so was. Das. Ein Ende in Stücken. Man hatte ihn verrückt gemacht, weich in der Birne, er war in letzter Zeit zu oft draufgefallen, ohne davon zu sterben. Thomas saß da und sah den Zügen beim Fahren zu, den Zügen, die mit sich selbst identisch in die Station einfuhren, die sich ihrer selbst gänzlich gewahr wieder fortbewegten, die keinen Spalt in der Einheit hinterließen, die sie mit ihrer Möglichkeit verband. Einer stand vor ihm, kam gerade gemächlich zum Halten. Es tutete. Die Türen öffneten sich, Menschen glitten hinein und heraus. Thomas hatte sich damit abgefunden. Was würde schon passieren, wenn er sich nun vor diesen Zug warf oder vor den nächsten oder übernächsten? Nichts würde passieren. Er würde auferstehen wie ein zerfledderter Phönix aus der Asche. Er wäre die Möglichkeit des Unmöglichen, wieder einmal, und würde sich so hundeelend fühlen wie die Male zuvor. Aus dem Augenwinkel sah er eine Bewegung, noch weit entfernt, auf dem kleinen Hügel vor der Station. Ein Blitzen auf den Gleisen, etwas, das sich gemächlich im Sonnenschein an die Schienen schmiegte und sich der Station näherte. Thomas merkte, wie seine Aufmerksamkeit zu diesem Ding hinüberschwappte. Zuerst dachte er, der Zug fahre in die andere Richtung. Aber dann fiel es ihm wieder ein: Es war nicht möglich. Ganz und gar nicht; nein – ein Objekt an einem

Ort zu einer Zeit. Oder zwei an zwei Orten zu einer Zeit. Oder zwei an einem Ort zu zwei Zeiten. Aber nicht beide zur gleichen Zeit am selben Ort. Der Zug kam heruntergefahren, wie eine Modelleisenbahn sah er aus, größer werdend, wirklicher. Thomas wunderte sich noch, wieso der Zug, der vor ihm stand, die Türen nicht geschlossen hatte, und dann, auf einmal – ein lichtheller Moment – ein Knall, die Dinge verschoben sich ... Ein kleiner Riss in der Welt tat sich auf und Thomas warf sich ihm entgegen. Er sah das Gesicht des Fahrers nicht, nur zwei Scheinwerfer, die auf ihn zukamen und ihn anblickten, zwei lidlose Augen, zwei lichtgemachte Pfähle, die ihn freundlich anglühten. Der genaue Moment, an dem sie ihn berührten, brannte sich in seine Brust hinein. Eine Welle der Freude durchströmte ihn – solche Freude – er hörte Splittern – wie interessant – eine Menge Blut – eine Menge – und dann spürte er Kühle, himmlische Kühle und irgendwo darin kleines bisschen, nur ein ganz kleines bisschen Schadenfreude.

Thomas wachte auf. Noch war es finster. Der Wecker hatte sich eingeschaltet und spielte Nachrichten. Ein leises Brummen war zu hören, die Fahrzeuge unter seinem Fenster, die Morgenungeduld, die aus den aufgereihten Autos zu ihm nach oben schwappte. Er griff unter sich. Ein Polster. Er lag. Sein Nachttisch. Thomas holte aus, schlug, der Wecker krachte auf den

Boden. Er war nicht kaputt. Die Stimme des Nachrichtensprechers hallte dumpf aus den Lautsprechern. Wie um ihn zu verhöhnen, hatte sie einen betroffenen Ausdruck angenommen. Ein Unfall. Es fehlten die Worte. Thomas starrte an die Wand, er konnte Muster darin erkennen. Die Finsternis spiegelte sich an der Oberfläche, von der er wusste, dass sie im Licht weiß sein würde. Dreißig Tote in dem einen, mehr noch in dem anderen Zug. Ein großes Unglück, diese Ausmaße, nie hatte es hier noch so etwas gegeben, und noch dazu in einer U-Bahn! Die Muster schillerten vor seinen Augen, flimmerten, er hatte nicht mehr da zu sein, verdammt noch mal, wieso war er noch hier? Auch einige Menschen auf dem Bahnsteig, besonders tragisch, manche seien gelaufen, niemand habe es geschafft – Thomas hustete, spie aus, spuckte auf den Boden. Er nahm seinen Kopf mit beiden Händen und schlug ihn gegen die Wand. Es krachte nicht. Gedenken wir nun eine Minute den – Pardon, der – Thomas schlug auf den Wecker, noch mal, und noch mal, und diesmal blieb er still. Die Tränen fühlten sich seltsam an, so lange hatte er schon nicht geweint. Sie brannten auf den Wangen. Thomas tat einen wackeligen Seufzer. Ihm war zum Sterben zumute.

Harald Darer

RANDNOTIZ

Jeder anständige Mensch bringt mindestens einen Menschen am Tag um, sagte Herr Jonas, von dem ich zu dem Zeitpunkt, als er das zu einer Frau sagte, die gerade in den Bus einstieg und die sich zufällig, und weil der Bus wie jeden Freitag Früh vollgestopft mit vollgestopften Schultaschen auf ihren Rücken tragenden Schülern gewesen war, neben ihn hingestellt hatte, noch nicht wusste, dass er Herr Jonas hieß. Sein Gesicht verschandelte eine weinflaschenbodendicke Krankenkassenbrille, wie die braunen Hornbrillen genannt werden, und unter seinem Kehlkopf war ein Loch, an dessen Rand die in den Hals hineingestülpte Haut die gleiche Farbe hatte wie die Brille. Zusätzlich steckte ein Plastikteil in seinen Nasenlöchern, das mit Plastikschläuchen mit einem tragbaren Sauerstoffbehälter, der wie die Rucksäcke der Schüler aussah, auf seinem Rücken verbunden war. Steigt man in einen städtischen Bus ein und schaut sich die Leute an, weiß man sofort, wo der Bus hinfährt. Sitzt man in einem Bus, in dem die Leute zum Beispiel intensiv mit sich selbst reden oder Sommer wie Winter denselben Pullunder oder dieselben Sandalen anhaben, weiß man sofort, dass er zur Nervenheilanstalt auf die Baumgartner Höhe fährt. Fährt man in einem Bus, dessen Fahrgäste zum Großteil aus ganzkörperlich beigefarbenen alten Frauen bestehen, die Blumenschmuck in den Händen und obskure Hüte auf den Köpfen tragen, bleibt er höchstwahrscheinlich beim Friedhof stehen. Der Bus, mit dem ich immer zur Arbeit fuhr, hielt bei der Krankenkassenzentrale, was man also an Leuten wie Herrn Jonas, die mit Sauerstoffkonzentratoren, Rollstühlen, Rollatoren und Krücken in den Bus einstiegen, mit eingegipsten Händen und Füßen, verbundenen Fingern und zugeklebten Augen, sehr schön erkennen konnte. Natürlich hörte ihm keiner der von ihm Angesprochenen zu. Redete er seine Theorien in sich von ihm abwendende Nacken und Rücken und mit Kopfhörern zugestöpselte Ohren hinein. Je mehr Morde, desto anständiger!, sagte er, je perfekter der Mord, desto perfekter der Mensch!, und der Schleim in seinen Bronchien rasselte bei jedem Atemzug. Wöchentlich klärte er die Fahrgäste über die Anständigkeit des Mordes auf, beziehungsweise zumindest mich, weil ich aus Zeitvertreib seinen Ausführungen zuhörte. Ich begann, mich in seine Nähe zu stellen, um besser hören zu können, obwohl ich eigentlich immer in der letzten Reihe und in Fahrtrichtung rechts neben dem Fenster sitze, weil das, meiner Meinung nach, der beste Platz im ganzen Bus ist. Gab ich also aus Neu-

25

gierde den besten Platz auf und stellte mich, eingepfercht zwischen Schultaschenkindern, neben Herrn Jonas hin. Sein Gesicht hatte die Farbe und Form eines langjährigen Kortisonpatienten: aufgeschwemmt und fleckig. Ich verstand jetzt akustisch besser was er sagte und kam mit der Zeit darauf, dass er tatsächlich recht hatte. Es stimmt was er sagt, dachte ich mir, nämlich, dass alles, was man sich denken kann, wahr ist, und dass diese Erkenntnis die Grundlage des anständigen Mordes ist. Dass der gedachte Mord einen positiven Einfluss auf das Gemüt hat und dass der gedachte Mord dadurch vorbeugend gegen den echten ist. Nicht das positive Denken, sondern im Gegenteil, das negative, mörderische, ist gesund, dachte ich. Nicht ein gesunder, sondern ein kranker Geist wohnt in einem gesunden Körper! Ich habe es ausprobiert, und es hat funktioniert. Nach einem Monat habe ich eine wöchentliche Mordrate von dreißig Menschen erreicht, was für einen durchschnittlichen Menschen, als den ich mich fühle, ein anständiger Wert ist, wie ich meine, obwohl da sicherlich noch mehr drinnen sind als dreißig. Man muss nur ein besserer Mensch werden und sich mehr mit den Menschen auseinandersetzen. Je mehr man mit Menschen zu tun hat, desto höher die Mordrate. Je höher der sogenannte Bodycount, desto menschenfreundlicher. Noch besser und wirksamer als daran zu denken jemanden umzubringen, ist die genaue und detaillierte Vorstellung der

Tötung. Je präziser die Vorstellung, desto zufriedener und ausgeglichener. In der Früh aufstehen konnte ich noch nie, was mit meiner Unfähigkeit, abends einschlafen zu können, zusammenhing. Je mehr ich am Abend daran dachte, schnell einschlafen zu müssen, um am nächsten Tag in der Früh leichter aufstehen zu können, desto länger habe ich für das Einschlafen gebraucht und bin am Ende deswegen noch schwerer aufgestanden natürlich. Mit der allabendlichen Erschießung meines Vorarbeiters war das Einschlafproblem quasi wie weggeblasen. Nach der Verteilung des Vorarbeiterhirns auf der Drehbank, über die er sich gerade zur Kontrolle des eingespannten Werkstücks gebeugt hatte, bin ich ohne weiteres Hirnwälzen eingeschlafen. Bin am nächsten Tag in der Früh viel leichter aufgestanden, auch weil ich dem Nachbarn über mir, der auf seinem billigen Laminatboden ohne Teppich schon um fünf Uhr herumtrampelt, mit dem guten Tranchiermesser einen Bauchstich gegeben habe. Somit habe ich schon täglich vor dem Aufstehen zwei Morde begangen und dadurch fast die Hälfte des mir selbst auferlegten Quantums von dreißig Morden die Woche ohne viel Anstrengung und ohne das Haus (geschweige denn das Bett) verlassen zu müssen, erfüllt. Der Raucherlungenkranke mutmaßlich misanthropische Herr Jonas war in Wahrheit ein Philanthrop! Ich fühlte mich besser. Ich fuhr sogar gerne mit dem Bus, weil ja der Bus ein perfektes Schlachtfeld ist.

Der Bus, der aufgrund der absolut unnatürlichen Zusammengepferchtheit, die in diesem öffentlichen Verkehrsmittel herrscht, ein wahrer Kriegsschauplatz ist, wie man so schön sagt. Durch die nicht artgerechten, eigentlich unmenschlichen Umstände beim Transport im Bus ein optimales Mordmilieu entsteht. Die Mordlust steigert sich ins Unermessliche, wenn man, erstens, selbst einen Fahrschein besitzt, der Bus vollgestopft ist und man weiß, dass er zu einem Drittel mit Leuten vollgestopft ist, die gar keinen gültigen Fahrschein besitzen, also schwarzfahren und ungeschoren davonkommen, weil ein Kontrolleur gar keinen Platz hätte, jemanden kontrollieren zu können und man den Schwarzfahrern die kostenlose Fahrt nicht vergönnt, oder zweitens, selbst keinen Fahrschein gekauft hat und ja von sich weiß, dass diejenigen, die einen besitzen, einem das Mitfahren neidig sind und einen, wenn sie könnten, denunzieren und dem Kontrolleur ausliefern würden. Oder man wird kontrolliert, hat einen Fahrschein und ärgert sich über den Kontrollwahnsinn, die Belästigung und die Gültigkeit der Schuldvermutung gegenüber einem zahlenden Kunden. Oder man wird kontrolliert, hat keinen Fahrschein und ärgert sich, dem Kontrollwahnsinn einer faschistoiden Gebühreneintreibungsorganisation ausgeliefert zu sein, obwohl man mit seinen Steuern ohnehin den Betrieb und Ausbau der öffentlichen Verkehrsmittel ausreichend mitfinanziert. Oder die

Mordlust steigt durch laut telefonierende Leute. Oder durch nach allem Möglichen und Unmöglichen riechende Leute. Durch einen anhustende, anniesende, an- und nicht anlächelnde Leute. Ein Mordlustdruckkochtopf wird man im Bus, ein Amok-Kelomat, den man, will man nicht innerlich zerquetscht werden, einfach explodieren lassen muss, am besten mitsamt dem ganzen Bus in die Luft gehen lassen muss, den Kochtopf, zur Realmordprävention und zur Wiederherstellung des inneren Gleichgewichts, wie es in der traditionellen chinesischen Medizin heißt. Deshalb habe ich einmal die Woche, meistens am Freitag, zum positiven Wochenausklang, den Bus in die Luft gejagt. Mit großem innerem Glücksgefühl habe ich die Trümmer auf der Straße herumliegen sehen, die in Panik in alle Himmelsrichtungen flüchtenden Menschen. Habe mit der Freude der Kinder, die bei der Bescherung zu Weihnachten den hell erleuchteten Weihnachtsbaum anschauen, die verstreuten Leichenteile auf der Straße liegen sehen. Elternmitteilungs- und Schularbeitshefte vermischten sich mit Lehrereingeweiden. Herausgerissene Biologie- und Mathematikbuchseiten klebten auf abgerissenen Hauptschulkinderköpfen. Damit bin ich über mein Ziel von dreißig Menschen die Woche quasi bei Weitem hinausgeschossen.

Nie zuvor hatte mir die Frühstücksciabatta besser geschmeckt.

Ich wurde immer mord- und lebenslustiger. Grundlos zu pfeifen beginnende Menschen schlachtete ich genauso ab wie Ball spielende Kinder. Ich begann zu spenden. Glatt rasierte und muskulöse Waden rücksichtsloser Radfahrer legte ich auf den Gasgrill und verspeiste sie genüsslich. Ich lud Arbeitskollegen auf ein Bier ein. Rechthaberische Autofahrer, die zuvor eine Gruppe dumpf auf den Boden schauende Fußgänger niedergemäht hatten, ließ ich in Betonpfeiler krachen. Ich schrieb positive Postings unter Artikel der Online-Ausgabe einer Zeitung.

Herr Jonas dagegen sah schlecht aus. Er schien mir einzugehen, was mich stutzig machte, wo doch seine Theorie bei mir so wundervoll funktionierte. Er redete kaum noch etwas, sondern schaute nur mehr aus dem Fenster. Manchmal sagte er Sätze wie: Die Zeit ist ein Sandler mit Rotlauf, oder, Liebe ist ein Tubus in der Speiseröhre.

Dann war er auf einmal weg.

Die Mordtheorie funktionierte noch weitere Wochen prächtig, bis meine Mordlust plötzlich nachließ. Leider ist es mit der Mordlust wie eben mit jeder Lust. Nach übermäßigem Genuss des Lustobjekts wird es gewöhnlich. Was gewöhnlich ist, wird langweilig, alltäglich und deprimierend. Das Morden wird zur Tretmühle. Nicht umsonst, dachte ich mir, arbeitete der letzte Henker aus Wien, der zuvor ein Kaffeehaus betrieben hatte, nach Abschaffung der Todesstrafe als Hausmeister. Ob man den Leuten Kaffee serviert, ihnen die Stiegenhäuser aufwischt oder sie am Galgen erwürgt, ist letztlich gleichgültig und Routine. Noch heute hat man, geht man in ein Kaffeehaus, um einen Kaffee zu bestellen, oder in ein frisch aufgewischtes Stiegenhaus hinein, das Gefühl, vom Kellner oder vom Hausmeister gleich von hinten erwürgt zu werden.

Meine Euphorie ließ nach, Gleichgültigkeit machte sich wieder breit, und ich fühlte mit den Junkies, denen alles egal ist, während sie auf den nächsten, hoffentlich besseren Schuss warten. Mein Schuss war Herr Jonas. Aber wo den hernehmen? Ich musste mit ihm reden. Nach der Arbeit stieg ich bei der Station aus, wo Herr Jonas immer eingestiegen war. Auf einer Seite der Straße war eine Kleingartensiedlung, auf der anderen ein Wohnbau, in dem eine Trafik, ein Frisör und ein Supermarkt untergebracht waren. Ich ging in die Trafik hinein, blätterte in einem Fischereimagazin und wartete bis die Kunden weg waren. Ich beschrieb dem Trafikanten das Aussehen von Herrn Jonas. Der Trafikant schaute auf, mich kurz an, drehte sich um und schlichtete Zigarettenpackungen in das Wandregal.

Den Herrn Jonas meinen Sie, sagte er in das Wandregal hinein, der ist gestorben.

Gestorben?, sagte ich.

Gestorben, sagte er. Erstickt.

Erstickt?

Ja, sagte er, er hat seinen Sauerstofftank nicht mehr aufgefüllt, eine Packung seiner Lieblingsmarke geraucht und Ende der Geschichte. Hätten Sie gerne auch was gekauft?

Nein, sagte ich, danke schön, und ging raus.

Ich schaute auf die Kleingartensiedlung gegenüber.

Da drüben hat er früher einmal gewohnt, sagte der Trafikant, der auf einmal neben mir stand.

Früher? Jetzt nicht mehr?, sagte ich.

Schon lange nicht mehr, sagte er. Seit seine Frau gestorben ist, hat er im Altersheim gewohnt.

Aber er ist immer hier in den Bus eingestiegen, sagte ich.

Der Trafikant nickte und zündete sich eine Zigarette an.

Er hat sich sein Haus angeschaut, sagte er, er wollte es nicht verkaufen.

Warum nicht?, sagte ich.

Der Trafikant zog die Schultern hoch und blies Rauch aus.

Er war der positivste negative Mensch, den man sich vorstellen kann, sagte er.

Wirklich?, sagte ich.

Er nickte und sagte:

Ich habe zum Beispiel immer zu ihm gesagt, ist

heute nicht ein herrlich sonniger Tag, Herr Jonas!
Und er hat in den klaren Himmel geschaut und gesagt: lauter blaue Wolken.

Der Trafikant beugte sich zu mir, streckte den
Arm aus und deutete mit dem Zeigefinger zur Kleingartensiedlung hinüber.

Dritte Reihe, viertes Haus, sagte er, drehte sich um
und ging zurück in die Trafik.

Ich ging zur Siedlung rüber. Vor dem Eingang zur
dritten Reihe stand ein Glasschaukasten. Neben Infos zu Terminen betreffend die Müllabholung und
die Vereinssitzungen hing der Werbeflyer einer Sterbeversicherung:

Sichern Sie sich ab, man ist nie zu jung!
Ein Mensch verabschiedet sich endgültig und unwiderruflich!
Schon ab zwanzig Euro im Monat!

Ich ging rein. Zwischen bunten Kleingartensiedlungsschuhschachtelhäusern stand ein kleines Giebeldachholzhaus. Das Holz war grau, von der Sonne
ausgebleicht. Der Garten verwildert. Am Zaun hing
ein Schild: *Verkauft.*

Endlich kommt das schreckliche Ding weg, sagte
eine Frau, die neben mir stehen geblieben war. An
der Hand hatte sie ein kleines Mädchen, das in seiner
anderen Hand einen Schlecker hielt und mit aufge-

rissenem Mund daran herumleckte. Seine Zunge war schon ganz blau.

Es ist ja traurig, was hier passiert ist, aber dafür kann ja keiner was, nicht wahr?, sagte sie. Und der Besitzer wollte auch partout nicht verkaufen.

Im Keller liegen zerstückelte Kinderleichen!, sagte das blauzüngige Mädchen.

Ach was, sagte die Frau, Herr Jonas hat den Kindern immer Schauergeschichten erzählt. Natürlich haben wir Eltern gesagt, er soll damit aufhören, aber dann hat er nur noch mehr Schauergeschichten erzählt.

Keine Schauergeschichten!, sagte das Mädchen, die Wahrheit!

Eine Frau wollte ihre Kinder nicht haben und hat sie umgebracht. Sie hat sie zerstückelt und im Keller vergraben. Ihr Mann hat sie aus Strafe im Keller bei den toten Kindern eingemauert. Dort sitzt sie heute noch!, sagte sie, während ihre Mutter an ihrem Arm zerrte.

Wir müssen!, sagte die, Sie wissen ja, das Essen wartet!

Die Firma, in der ich arbeitete, sperrte den Standort zu. Ich verlor meinen Arbeitsplatz und ließ mich treiben. Ich las die Artikel über Gewaltverbrechen, die Stellen- und, aus reinem Interesse, die Immobilienanzeigen. Über Selbstmord wird ja nicht berichtet

in den Zeitungen, wegen der mutmaßlichen Vorbild-
funktion, und wenn doch einmal über Selbstmord
berichtet wird, dann als Randnotiz in der Mord/
Selbstmord-Kombination. Erschlägt man also seine
Frau und bringt sich danach um, ist diese Vorbild-
funktion aufgehoben und es steht in der Zeitung. Die
Anständigkeit des Mordes wiegt die Unanständigkeit
des Selbstmords wieder auf. Aus Langeweile fuhr ich
zur Kleingartensiedlung. Ich ging bei der dritten Reihe hinein. Das Holzgiebelhaus war bereits planiert.
Ein Bagger hob gerade die Grube für den Keller aus.
Ich schaute eine Weile zu. Es kamen keine Knochen-
teile oder Kindertotenschädel zum Vorschein. Eine
Frau mit Gummistiefel an den Beinen schüttete Erde
aus einer Scheibtruhe auf einen Haufen.

Wohnen Sie auch hier?, sagte sie und lächelte mich
an. Wir haben ja so eine Freude, das kann ich Ihnen
gar nicht sagen!, sagte sie.

Ich drehte mich um und ging weg. Ich stieg in den
Bus und setzte mich in die letzte Reihe, in Fahrtrichtung rechts neben das Fenster. Ich erinnerte mich
daran was Herr Jonas gesagt hatte: Je perfekter der
Mord, desto perfekter der Mensch! Und es gibt ja
nur einen perfekten Mord:

Den Selbstmord.

Ich suchte mir eine Arbeitsstelle, wo man nur mit
dem Auto hinkommt.

René Freund

DER PEIKS CODE

Dir kann ich es ja erzählen, obwohl es ziemlich unfassbar und alles in allem doch auch etwas peinlich ist, aber egal, so hat es sich zugetragen: Der Erste, den es erwischt hat, war Franzobel. Verschwunden, am helllichten Tag. Zum Zielpunkt hatte er gehen wollen, ist aber nie an diesem Zielpunkt angekommen. Die Frau an der Kassa hat ihn an diesem Tag nicht gesehen, die Frau zu Hause auch an den folgenden nicht. Schneller als die Suche anlief, machten Gerüchte in der Branche die Runde: Von Karriereknick war da die Rede, leergeschrieben vielleicht, der Donaukanal nicht weit, oder vielleicht doch ein PR-Gag für die Presse? Einem Menschen, der einmal den Opernball besucht hat, traute man alles zu.

Die Nächste war Judith Taschler. Wollte kurz einmal am Inn spazieren gehen, um sich von der Arbeit an ihrem neuen Buch zu erholen, seitdem abgängig. Von einer Entführung war bald die Rede, auch in Tirol gebe es so etwas, Italien sei ja nicht fern. Die Kolleginnen und Kollegen diskutierten vor allem das Thema, ob Lösegeld aus den Mitteln des Literaturbudgets des Bundes zu bezahlen oder ob das Landessache wäre, aber weder erfuhr man von einer Lösegeldforderung, noch von einer Lösegeldförderung. Manche meinten gar, als Bestsellerautorin müsse man mit einer Entführung rechnen, es wäre fahrlässig, ohne Personenschutz spazieren zu gehen. Neid ist eine schlimme Sache. Bestseller heißt ja nicht, dass du fortan vormittags in Champagner badest, während du auf dem iPad die Kurse deiner Aktien beobachtest, nachmittags deine Goldbarren zählst und im Vorbeifahren den Bentley halten lässt, um Immobilien zu kaufen, wenn du gerade Lust darauf hast. Bestseller heißt, dass du – wenn du ein übermütiger Mensch bist – ein Jahr lang im Restaurant die Speisekarte nicht von rechts nach links lesen musst.

Wenig später verschwand Egyd Gstättner in Klagenfurt. Eine ganz ähnliche Geschichte: Spaziergang am Lendkanal, um die Arbeit am neuen Roman ein wenig aufzulockern, seitdem verschollen. Bald darauf wurde Andreas Weber als vermisst gemeldet. Verschwunden am Pichlinger See nahe Linz. Auf seiner Lieblingsbank fand seine Frau ein Notizbuch, das nur eine Frage enthielt: »Chelsea oder Arsenal?« In einer anderen Schrift stand darunter: »ManU!« Ein böser Scherz? Ein Hinweis auf den Täter? Die Ermittler der Spurensicherung standen vor einem Rätsel.

Immerhin, die Häufung von Gewässern in der Nähe der Verschwindensorte schien eine heiße Spur abzugeben, doch weder tauchten Hinweise auf eine koordinierte Selbstmordwelle unter Picus-Autoren auf noch irgendwelche sterblichen Überreste. Mit den Abgängigkeitsanzeigen betreffend Cordula Simon und Theodora Bauer löste sich die Wasser-Theorie so sehr in nichts auf wie die beiden Autorinnen: Die erste wurde irgendwo auf der Ostautobahn auf dem Weg zum Flughafen vom Erdboden verschluckt, die zweite bei einer Expedition auf den vierhundertvierundachtzig Meter hohen Sonnenberg im burgenländischen Leithagebirge.

Ich kann es leider nicht anders sagen: Die Polizei tappte im Dunkeln. Hatte diese merkwürdige Serie mit den Werken der Autorinnen und Autoren zu tun? Beim Abhandenkommen von Rudi Habringer auf einer bayerischen Autobahnraststätte verdichteten sich entsprechende Hinweise: Immerhin, in *Engel zweiter Ordnung* bildete eine solche die Szenerie für eine Schlüsselstelle des Romans.

Die Verkaufszahlen der Werke der Verschwundenen stiegen mit jeder Erwähnung im Fernsehen. Anna Klaus, die Leiterin der Presseabteilung des Verlags, telefonierte und mailte Tag und Nacht, um die vielen Anfragen zu erledigen, was eigentlich nur eine Oberösterreicherin leisten kann, ohne ins Burn-out zu schlittern. Das Wiener Verlagswesen ist durch und durch von Oberösterreichern infiltriert, aber das nur nebenbei, und es ist ja nicht zum Schaden, jedenfalls des Verlagswesens. Sogar die Boulevardmedien berichteten plötzlich über Literatur. Mehrere Polizeigermanisten fütterten die Journalisten regelmäßig mit Informationen, von der »intertextuellen Genese werkimmanenter Fahndungsprofile« konnte man in *Österreich* lesen, und die *Kronen Zeitung* forderte eine »kontextorientierte semantische und grammatikalische Analyse potenzieller Opfer- und Täterrhetorik«.

Wer in der U-Bahn fuhr, staunte über all die Menschen, die nicht mehr in ihr *Heute* husteten oder auf ihren Telefonen herumwischten, sondern stattdessen ein Buch auf dem Schoß liegen hatten und lasen. All die Bücher trugen dasselbe Logo auf dem Rücken: einen kleinen Buntspecht.

Bald geriet der Verlag ins Zwielicht. Dorothea Löcker und Alexander Potyka wurden auf Meuchelfotos als Bonnie & Clyde der Verlagsbranche dargestellt. Von Potyka tauchte gar ein Bild auf, auf dem er dem jungen Osama bin Laden verblüffend ähnlich sah, was – versehen mit der Schlagzeile »Lebt die Bestie?« – keinen besonders guten Eindruck hinterließ.

Als Verleger musste Dr. Potyka auch in der ZiB 2 harte Fragen von Lou Lorenz-Dittlbacher über sich ergehen lassen, nachdem deren Kollege, Picus-Autor Armin Wolf, auf dem Weg ins Studio verschollen war: »Stecken Sie hinter dem Verschwinden Ihrer Autoren? Schließlich profitiert niemand so sehr davon wie Ihr Verlag!«

Dr. Potyka wand sich ein wenig, doch als die schnelle Lou nachfragte, gab er zu: »Natürlich träumt jeder Verleger einmal von einem Verlag ohne Autoren. Oder sogar zwei Mal. Aber letztendlich«, fügte er, ganz Unternehmer, der er ja neben Mensch auch noch ist, hinzu: »Ganz ohne Neuerscheinungen und Backlist geht es auch nicht.« Das wäre der Grund, sagte Potyka, warum das E-Book ohne Inhalt, das Picus unter dem Titel »Missing« vertrieb, nur einen kurzzeitigen Erfolg bei Intellektuellen hatte. Vor allem Literaturkritiker hätten von den vielen Möglichkeiten des inhaltslosen Buchs geschwärmt, denn in der Leere liege die wahre Fülle, doch mittlerweile habe Picus diese Bücher aus Pietätsgründen wieder vom Markt genommen.

Mit Tränen in den Augen beteuerte Dr. Potyka, an Geld nicht interessiert zu sein. Jeder, der ihn kenne, wisse das seit Jahren, nein, seit Jahrzehnten. Er beteuerte, von der Situation nicht profitieren zu wollen und legte Spendenbelege vor: eine halbe Million für den Verein der Freunde des Wiener Polizeihunds, fünfzig neue kugelsichere Westen für die Cobra, je hunderttausend Euro für Hanser, Rowohlt, Suhrkamp, S. Fischer und Diogenes. Abschließend erklärte er noch, warum eine Übernahme von Random House durch den Picus Verlag von der EU-Kartellbehörde abgelehnt worden war.

Nach einer Buchpräsentation kam es zu einem

massenhaften Verlust weiterer Schriftstellerinnen und Schriftsteller des Verlags. Sie hatten mithilfe der langjährigen Lebenserfahrung von Germán Kratochwil und Ivan Ivanji den Polizeischutz überlistet, um in Ruhe ein paar Bier in einem Beisel zu trinken, als sie in den dunklen Gassen des zweiten Bezirks perdu gingen. Sylvie Schenk, Michael Bengel, Andrea Karimé, Stefan Slupetzky, Zdenka Becker, Thomas Sautner, Bernhard Seiter, Brigitta Höpler, um nur einige zu nennen: alle weg.

Nun waren neunundzwanzig Autorinnen und Autoren verschwunden. Einer war immer noch da: ich. Ging ich aus dem Haus, blickte ich mich sehnsüchtig nach den Häschern um, die mir eine Decke über den Kopf werfen und mich in ein Auto zerren würden, aber Fehlanzeige. An meiner literarischen Bedeutungslosigkeit allein konnte es nicht liegen, hoffte ich, vielleicht hatte es etwas mit meinem Wohnort zu tun. Immerhin, in Grünau im Almtal gibt es kein Verbrechen, sieht man von misslungenen Maibaumdiebstählen und dem gelegentlichen Verschwinden eines Hirschleins in nicht befugten Tiefkühltruhen ab. Also fuhr ich nach Wien. Spazierte nachts durch Simmering, schlenderte durch dunkle Parks in Favoriten. Nichts. Ich versteckte mich sogar für ein paar Tage in einem Hotelzimmer, aber für eine Selbstentführung fehlte mir das Talent. Man sollte wohl auch nicht zu oft auf Facebook nachschauen, ob man schon jemandem abgeht. Natürlich hasse ich wie jeder aufrechte Künstler Facebook und Amazon und Google und Apple und all die anderen Söldner der NSA, aber ich konnte mich nicht daran hindern, alle zwei Stunden auf meinem iMac mein Amazon-Ranking zu googeln. Sechsstellig! Was für eine Niederlage! Wie sollte meine Familie überleben, wenn ich nicht auch endlich verschwand?

Picus musste mittlerweile mit Ausnahme meiner Werke die gesamte Backlist nachproduzieren und beschäftigte sieben Großdruckereien. Die Taschenbuchverlage standen Schlange und bettelten um Lizenzen, was Barbara Giller ausnützte und die Preise gnadenlos in Höhen trieb, die selbst die Leute von Goldmann und dtv um Luft ringen ließen. Jenny Dünser entwickelte inzwischen eine neue Vertriebslinie, inklusive hauseigenem Barsortiment und Flagship-Store auf der Kärntner Straße.

Nur bei mir lief immer noch nichts. Endlich, als ich schon gar nicht mehr daran glaubte, passierte es. In einer dunklen Seitengasse des Bahnhofsviertels von Wels spürte ich plötzlich ein feuchtes Tuch auf meinem Gesicht, einen ätzenden Geruch – und aus.

Als ich wieder erwachte, fühlte ich deutlich wärmere Luft um mich als in Österreich. Eine Binde wurde mir von den Augen genommen. War das nicht die *Geburt der Venus* von Botticelli? Und hier, da Vincis *Verkündigung*? Das mussten die Uffizien sein, ich befand mich in Florenz! »Warum bin ich hier?«, fragte ich, doch meine stummen Begleiter blieben dabei, stumme Begleiter zu sein. Es ging Stufen hinab, immer weiter hinab, war das nicht das berühmte Luther-Porträt von Lucas Cranach? Wie nett, dass ich diese Kunstwerke sehen durfte, normalerweise steht man ja sechs Stunden an, um in die Uffizien zu kommen. Meine Begleiter öffneten die Flügel einer schweren Holztür.

Dahinter fand ein Gelage statt. Im rötlichen Schein von Kerzenlicht bogen sich die Tische, und alle, alle waren sie da. Der Habringer Rudi sah mit seinen roten Backen aus wie Caravaggios *Bacchus*, den ich ebenfalls im Vorbeigehen bewundert hatte: »Freund Freund, wie schön, lab dich am Chianti!« Franzobel saß neben ihm, eine gigantische Wurst in seinen Händen schwingend: »Wildschweinsalami!«, frohlockte er. Walter Kohl stemmte eine Literflasche Birra Moretti in die Höhe, während sich Frau Becker recht undamenhaft an einer Prosciuttokeule zu schaffen machte. Aber auch für Veganer und Menschen mit Laktoseintoleranz und Glutenunverträglichkeit war der Tisch reich gedeckt. Selbst Jesus müsste ja die Speisung der Viertausend heute ganz anders aufziehen, bei Brot und Fisch liefe ihm sonst glatt die Hälfte der Gäste weg.

Hier schienen alle glücklich zu sein, nur Cordula Simon wirkte unzufrieden, »nicht einmal ficken kann man«, zitierte sie eine ihrer Romanfiguren, und auch der Weber strahlte Unruhe aus, indem er ständig auf die Uhr sah. Ich konnte mich jedoch meinen Kolleginnen und Kollegen nicht in Ruhe widmen, denn ein mittelalter, mittelgut aussehender, mittelgroßer Mann begann nun eine Rede zu halten:

»Hallo«, sagte er mit amerikanischem Akzent, »ich bin Dan Brown. Nennt mich Dan.«

Ivan Ivanji, mit der Unerschrockenheit eines Mannes, der schon weiß Gott unangenehmere Situationen überlebt hatte, unterbrach ihn: »Ich dachte immer, Dan Brown gibt es gar nicht.«

Dan lachte jovial. »Natürlich gibt es Dan Brown nicht. Das Ego, liebe Leute, ist eine Illuschn. Wie heißt es auf Deutsch? Ill-u-sion!«

»Prost«, rief Stefan Slupetzky zustimmend.

»Aber ich bin nicht der Einzige, den es nicht gibt«, fuhr Dan Brown fort. »Ich bin der vorläufig Letzte in einer langen Reihe … Glaubt ihr etwa, Homer hat es gegeben? Oder Dante? Shakespeare? Cervantes? Nein, es wart immer ihr. Ihr habt ihre Werke geschrieben. Ihr seid die Seele der Literatur, die Sklaven der Muse, die Märtyrer, geopfert auf dem Altar der Kunst. Ihr seid gewissermaßen unsterblich!«

»Wir?«, flüsterte ich Andreas Weber ungläubig zu.

»Na ja«, sagte dieser, »der Dan sagt das so, dann wird es schon stimmen.«

»Und nun, meine Freundinnen und Freunde, sollt

ihr mein neues Werk schreiben«, fuhr Dan Brown unbeirrt fort. Er sprach ein gutes Deutsch, wenngleich mit amerikanischem Akzent. »Auf euch dreißig habe ich gesetzt. Nur ihr könnt es schaffen! Ich sage sorry für die Unannehmlichkeit, euch hier in diesen Kellerräumen festhalten zu müssen. Es wird euch an nichts fehlen. Nun darf ich euch den Titel des Buches verraten: *Der Peiks Code*. Ich danke euch.«

Er gab eine Zahlenkombination in sein Handy ein, und dann versank Dan anmutig winkend im Terracottaboden.

»Peiks? Ich fürchte, mit diesem Thema kann ich nichts anfangen«, sagte Bernhard Seiter verstimmt.

»Peiks. Peiks. Peiks. Egal. Man kann über alles was schreiben«, grölte Franzobel und sog an einer Chiantiflasche wie an der Mutterbrust.

»Peiks. In Wilhering gibt es keinen Peiks«, schrie Kohl.

»Im Waldviertel auch nicht«, beschwichtigte Thomas Sautner.

»Ich finde, wir sollten eine Abstimmung machen«, schlug Rudi Habringer vor, das musste irgendein demokratischer Tick aus seiner Studentenzeit sein, »wer ist für den Titel *Der Peiks Code*, und wer möchte lieber ein anderes Buch schreiben?«

Tumult.

»Bitte«, seufzte Harald Darer, der hier zum Glück

für die sprichwörtliche nordoststeirische Ordnung sorgte, »können wir nicht zuerst herausfinden, was Peiks bedeutet?«

»Peiks?« Theodora Bauer schaute klug und etwas spöttisch über den Rand ihrer Brillen, das kann sie sehr gut, und nebenbei auch Koreanisch und natürlich Englisch. »Peiks, eigentlich Peikas, nur schlampig amerikanisch ausgesprochen, ist Picus. Wir schreiben das Buch *Der Picus Code*.«

Allgemeines Aufatmen. Nur ich fragte mich, wie wir zu dreißigst ein Buch schreiben sollten, wo das doch allein schon so schwer ist. Egyd Gstättner drohte damit, er würde wieder mit dem Rauchen beginnen. Franzobel beteuerte, das alles sei kein Problem, die ersten achtzig Seiten habe er morgen fertig. Andreas Weber sagte, er müsse dann gehen, Arsenal gegen Chelsea, das müsse man verstehen, seine Frau warte sicher schon im Auto vor der Tür. Dann war es plötzlich aus. Wie gesagt – unfassbar bescheuert!

»Du hast einfach deine Ängste verarbeitet«, sagte meine Frau und goss sich Tee nach. »Hast du schon eine Idee, was du für die Anthologie *30 Jahre Picus* schreibst?«

»Ich habe keine Ahnung«, antwortete ich wahrheitsgemäß.

Egyd Gstättner

PARADISE NIGHT ODER: DAS GRAUSAME GESETZ DER KUNST

Emmas Problem war: Einerseits hatte ich sie mehrmals eindringlich ermahnt: Nur ja kein Fest! Nur ja keine Feier! Andererseits fürchtete sie vielleicht nicht zu Unrecht, würde sie – man – alle Welt – meinen dreißigsten Geburtstag einfach so verstreichen lassen, wäre ich vermutlich ebenfalls fürchterlich enttäuscht und würde diese Geringschätzung, diese impertinente Ignoranz für die Niedrigkeit der Welt und die Bösdummheit der Menschheit nehmen. Es ist schwer mit mir! Ich war ja nicht bescheiden. Ich war aber auch nicht irgendwer! Ich war eine Diva. Meine Bescheidenheit war nichts als die allerextremste Ausprägung von Eitelkeit: Mir würde man so oder so nicht gerecht werden. Also solle man besser ganz die Finger von mir lassen …; davon abgesehen fühlte ich mich elend. Gesundheitlich. Gesellschaftlich. Sozial.

Menschlich. Und metaphysisch. Einzig künstlerisch ging es mir gut. Emma musste es vielleicht anstellen wie die alte Gattin des Megamisanthropen, von der Schopenhauer erzählt, die nämlich aus purem Mitleid aus dem Haus schleicht und von außen an die Tür klopft, damit ihr griesgrämiger Gatte rufen kann: »Draußen bleiben! Ich will keinen Menschen sehen! Ich brauche niemanden!«

Geht einer in sein dreißigstes Jahr, wird man nicht aufhören, ihn jung zu nennen. Ihm selber aber kommen Zweifel. Zum Beispiel mag er denken, dass Schopenhauer sein Hauptwerk *Die Welt als Wille und Vorstellung* in seinem dreißigsten Lebensjahr bereits vollendet hatte, danach kam nicht mehr viel, nur noch Ergänzungen, Erklärungen, Verfeinerungen. *Parerga* und *Paralipomena*. Ich jedenfalls dachte das. Ich hatte mein Hauptwerk noch nicht vollendet; das musste ich mir eingestehen. Ich war erst bei den Studien, Recherchen, Fingerübungen. Frühreif war, nüchtern betrachtet, nur mein Selbstvertrauen, so wie übrigens auch das von James Joyce, der unsteten, vogelhaften Figur, der an seinem dreißigsten Geburtstag – damals gerade in Triest – seine Miete nicht bezahlen konnte und mit seiner kleinen Familie vor seinen Gläubigern von einer winzigen Wohnung in die andere flüchtete. Joyce konnte die Miete und die Schulden auch vor und nach seinem dreißigsten Geburtstag nicht bezahlen, im Grunde bis zu seinem Lebensende nicht, jedenfalls nicht mit Einkünften aus seiner Arbeit, erst von dem Tag weg, als ihm eine geheime Gönnerin ohne jede Gegenleistung ein stattliches monatliches Salär überwies, also schenkte, ihn also auf sich selbst und sein Leben einlud. So ist als Künstler freilich leichter wirtschaften. Nach seinem Tod hat die Gönnerin auch noch Joyces Beerdigung gezahlt, während das kleine Glück im großen Weltunglück Schopenhauers, der seine Vorlesungen sein Leben lang vor sechs Studenten halten musste (während zum »Unsinnsschmierer Hegel« gleichzeitig die Massen strömten), das große Erbe seines früh verstorbenen Vaters war, das Arthur im Grunde sein Philosophenleben lang trotz einer Epidemie von Misserfolgen wirtschaftlich autark machte.

Beides war bei mir nicht der Fall, weder Erbe noch edle Spenderin, und so hätte ich in größter Lustlosigkeit den Lehrerposten ergreifen müssen, für den mein Studium mich qualifiziert hatte, wenn einer frei gewesen wäre. Frei waren hier am Blinddarm der Welt aber auf Jahre, ja Jahrzehnte hinaus bloß Taxifahrerstellen, und bevor ich ein Taxifahrer wurde, wurde ich doch lieber ein Schriftsteller, der über einen Taxifahrer schreibt, der Schopenhauer liest, während er auf Kundschaft wartet. Meine Geschichte wurde ein großer Erfolg: Ich brachte sie (wie später auch andere Geschichten, die eigentlich alle von Niederlagen und Debakeln handelten) im Feuilleton etlicher großer deutscher Zeitungen unter, und wenn sie mich schon nicht weltberühmt machte, versetzte sie mich immerhin in die Lage, als Dreißigjähriger auch jenseits bürgerlicher Lebensprinzipien meine Miete bezahlen zu können. Ich fühlte mich wie der Schöpfer des Wortes Umwegrentabilität.

So viel kann ich immerhin behaupten, dass ich schon damals meinem Werk – und ausschließlich meinem Werk lebte. Niemals hatte ich mich dabei maßregeln lassen – und maßregeln würde ich mich auch weiterhin von niemandem lassen.

Emma hatte einen Kompromiss gefunden, mich anlässlich meines Dreißigers weder allzu sehr zu überraschen, noch zu enttäuschen, das Extrastüberl des Stadtheurigen reserviert und neben der Hobbyhockeymannschaft von Schwachkopfhausen, in der ich damals noch spielte, ein paar Spielerfrauen – auch die beiden, mit denen ich hinter dem Rücken ihrer … aber das ist eine andere Geschichte – nur meine allerengsten Freunde einlud, einen angehenden Zahnarzt, einen angehenden Immobilienmakler, eine angehende Kreditberaterin, eine angehende Heimleiterin, einen angehenden promovierten Taxifahrer. (Dagegen keine Künstler: Erstens kannte ich keine; zweitens gab es hier keine – bedeutenden –, drittens soll ein Schriftsteller unter ganz normalen Leuten leben. Offizielle Honoratioren, Presse, Wissenschaft sind anlässlich des Dreißigers ohnehin nicht zu erwarten; die kamen auch bei Joyce und Schopenhauer nicht …)

Camus notierte anlässlich seines Dreißigers in sein *Cahier:* »Trente ans.« Mehr nicht. Aber wer's glaubt, wird selig.

Meine Eltern zu der kleinen Feier einzuladen, darauf hatte Emma nach langem Überlegen schließlich verzichtet, damit die Lost Generation unter sich bleibt. Aber Mama und Papa waren auch so »heilfroh« (ein Wort aus dem Vaterwortschatz), dass ich meinen dreißigsten Geburtstag feierte – oder zumindest beging –, dass sie meinen Dreißiger erlebten und dass ich selbst meinen Dreißiger erlebte. Ich hatte ja seit Jahren vollmundig angekündigt: Mit dreißig bin ich tot! Jede Wette, dass ich keine dreißig Jahre alt werde! Oft und oft bin ich mit Beethoven hausieren gegangen, der schon zur Lebenshälfte, also mit dreißig, froh war, »sein Leben nicht durch Selbstmord geendigt zu haben«, der aber den Tod anrief: »Komm, wann immer du willst! Ich sehe dir mutig entgegen, ich bin bereit, du bist jederzeit willkommen!«

Meine Todessehnsucht und mein Lebensekel bereiteten meinen armen, gequälten Eltern zahllose schlaflose Nächte, mir übrigens auch. Sie fürchteten allen Ernstes, ich würde Selbstmord begehen! Dabei habe ich nie explizit behauptet, dass ich mich umbringen würde, sondern gemeint, dass mich das Leben umbringen würde, bevor ich dreißig wäre, meine

Lebensunfähigkeit, mein vermaledeiter Körper, seine Kränklichkeit und Gebrechlichkeit, meine Seele, ihre Zartheit und Zerbrechlichkeit, die Gesellschaft, die Zeit, die Welt … meiner allerersten Erzählung – noch im Gymnasium geschrieben – hatte ich den Titel *Ein kranker Geist in einem kranken Körper* gegeben.

(Letztlich ist vielleicht jeder Selbstmord Krankheit und jede Krankheit Selbstmord, wobei wir den Selbstmord des Körpers »Krankheit« und die Krankheit der Seele »Selbstmord« nennen. Aber was weiß man?)

Nun war es jedenfalls doch nicht so gekommen. Ich war dreißig und lebte und schaufelte – meinen Missmut alkoholisch auflockernd – im Extrastüberl des Stadtheurigen Schinkenfleckerl in mich hinein. Der Kapitän der Hockeymannschaft hielt eine launige Rede: Als Sportler müsse man sich mit dreißig langsam Gedanken über seinen Rücktritt machen, als Künstler aber über seinen Auftritt, über den Beginn seines öffentlichen Wirkens. Und damit ich dafür gewappnet sei, überreichte er mir das Gemeinschaftsgeschenk aller versammelten Gäste, ein spezialangefertigtes Sakko, das mittels Textildruck aus den Zeitungsseiten meiner Geschichten in der *Süddeutschen*, der *Stuttgarter Zeitung* und der *Zeit* gefertigt war. Das war mir peinlich, aber nicht unangenehm, und während ich mein neues Sakko, das mir tatsächlich wie angegossen passte, anprobierte und mich coram publico bedankte, erlebte ich noch eine große Überraschung, denn die Tür ging auf und ein großer schwarzer, vermummter Mann betrat wortlos das Extrastüberl, sodass nun von einem Moment auf den anderen auch alle Anwesenden mit offen stehenden Mündern verstummten. »Ah, das ist jetzt der geheimnisvolle Herr, der das Requiem bei mir bestellt!«, lachte ich. »Was für eine nette Überraschung!« (Gut, man hatte offenbar Beethoven mit Mozart verwechselt, aber hier in Schwachkopfhausen am Blinddarm der Welt kann das schon einmal passieren.) Der geheimnisvolle Herr mit der Kapuze bestellte aber kein Requiem, sondern schoss mir ins Herz und ging wieder.

Bei meinem Begräbnis wurde alles falsch gemacht, was man nur falsch machen konnte. Alles andere hätte mich hier in diesem Loch im Kosmos auch gewundert! Zunächst hatte man mir mein neues Feuilletonsakko angezogen (oder vielleicht erst gar nicht wieder ausgezogen), anstatt es lässig auf den Sargdeckel zu werfen, sodass es die Trauergemeinde, die im Grunde mit der Dreißigstengeburtstagsgemeinde identisch war, ausgiebig hätte bewundern können. Anschließend hätte man das gute Stück selbstverständlich in meinem Museum aufhängen und ausstellen müssen. Mein Sarg war nicht mit Burberrymuster verkleidet. Am offenen Grab wurden weder Gianna Nannini noch I Nomadi gespielt. Dafür durfte der Dompfarrer seine albernen Phrasen dreschen und meinen Sarg mit Weihwasser bespritzen. Igitt! Was hatte denn der hier verloren? Den hatte ich doch schon längst literarisch abbestellt! Warum hatte ich die Modalitäten mit Emma nicht rechtzeitig besprochen? Feuerwerk auch keines! Hätte natürlich nicht gewirkt um vierzehn Uhr. Eine Primetime-Beerdigung um zwanzig Uhr fünfzehn war immer das, was ich angestrebt hatte! Habe ich mich wirklich so undeutlich ausgedrückt? Bei Tageslicht beerdigt zu werden ist überhaupt eine Geschmacklosigkeit sondergleichen! Vulgär! Da sieht man ja alles! Man war nicht und nicht bereit, das Star-Prinzip auf mich anzuwenden. Ich drehte mich im Grab um, da war es noch nicht einmal zugeschaufelt. Die Aussicht Richtung Erdmittelpunkt war aber auch nicht lohnend. Das einzig Richtige war, dass der Fetzenschädel von Bürgermeister nicht gekommen war. Dafür war mein Mörder bei der Beerdigung anwesend. Er stand ein wenig abseits, stellte sich dann aber doch in der Schlange an, um Emma zu kondolieren. Der Blickkontakt der beiden schien mir um eine Spur länger zu dauern, als es schicklich gewesen wäre. Vielleicht täusche ich mich auch.

Einmal eingegraben ließ sich das Jenseits gar nicht so unkomfortabel an: Meine körperlichen Beschwerden ließen ebenso nach wie die seelischen. Ich stellte schnell fest, dass ich hören und sehen, wahrnehmen und beobachten konnte, was ich wollte, alle Türen standen mir offen, auch wenn sie geschlossen und versperrt waren. Ich entwickelte im Handumdrehen eine Art Allwissenheit. Das Schreiben fiel mir leicht. Ich musste es nur in mir denken lassen: Der Rest ging ganz von allein. In Windeseile entstand Werk um Werk, Roman um Roman. Nur war ich nicht handlungsfähig: Ich konnte nichts unternehmen. Weder konnte ich auf der Welt etwas bewirken, noch etwas verhindern. Nur bei Mitternachtsgewittern öffnete sich die Jenseitsdiesseitsschleuse für ein paar Augenblicke, sodass ich wie ein streunendes Kätzchen durch einen Türspalt schleichen und einen fertigen Roman in einer der Schubladen meines Ateliers deponieren konnte. Dort wartete er auf bessere Zeiten.

Zwei oder drei Tage nach meiner Beerdigung bekam Emma Besuch von zwei Kriminalbeamten. Der Kommissar fragte sie, ob sie einen Verdacht habe, wer der geheimnisvolle Vermummte gewesen sein könnte. Sie hatte nicht den geringsten Verdacht. Ob ich Feinde gehabt hätte? Nein, ich hätte keine Feinde … Emma! Hallo! Wie kannst du so etwas behaupten! Ich war von Feinden umzingelt! Ich hatte nichts als Feinde! (Natürlich gibt ein Feind nicht zu, dass er ein Feind ist, das wäre taktisch unklug!) Ich sage immer: Die Feinde meiner Feinde sind auch meine Feinde … Also, da wären zunächst einmal … aber Emma hörte mich nicht. (Gottfried von Einem schlenderte gerade an mir vorbei, lächelte mir zu und sagte, er hätte eine Anruferin in der Leitung; Angeber!) Die beiden Polizisten verabschiedeten sich. Falls ihr noch etwas einfallen sollte, könne sie ihn jederzeit anrufen, meinte der Kommissar und überreichte Emma seine Karte. Auf der stand *Obst. Johann Sichalich.* Auf mich machten die beiden Kriminalisten nicht den Eindruck, als hätten sie besonderes Interesse daran, den Mord an mir aufzuklären. Eine Art auffrisierte Beschränktheit funkelte aus ihren Augen. Vor allem Sichalichs Begleiter wirkte dezent dement. Das inspirierte mich wieder sehr.

Der Kapitän der Hockeymannschaft hatte ganz recht gehabt mit dem, was er vor wenigen Tagen auf meiner Geburtstagsfeier gesagt hatte: Ich müsse jetzt an meine Karriere denken. Das war überhaupt die letzte Botschaft, die ich zu Lebzeiten mitbekommen hatte. Die Umwegrentabilität hatte sich schon anhand der Taxifahrergeschichte erwiesen. Wie umwegrentabel musste dann – geschickt eingesetzt – erst mein früher, alle verstörender Schriftstellertod sein!

Auf den Tag genau drei Monate nach meinem Tod besuchte mein Mörder meine Frau zum ersten Mal bei uns zu Hause. Schon zuvor hatte er telefonisch mit Emma Kontakt aufgenommen und sich angeboten, ihr bei der Sichtung und Ordnung meines Nachlasses behilflich zu sein. Emma führte meinen Mörder in mein Arbeitszimmer und setzte sich auf die kardinalrote Couch (auf der ich immer gelesen hatte), während mein Mörder Mappe um Mappe, Schachtel um Schachtel inspizierte. Allzu viel war vorerst nicht zu finden (ganz abgesehen davon, dass manches verwertbare Material im Lauf der jahrelangen Lagerung leider von Dachbodenmäusen angenagt oder zerfressen war), neben ein paar frühen handschriftlichen Manuskripten hauptsächlich Korrespondenz (ich hatte als Jüngling Gott und die Welt angeschrieben und mit meinen Manuskripten behelligt, neben Verlagen und Redaktionen auch Germanisten, andere mehr oder weniger etablierte Schriftsteller innerhalb und außerhalb des Landes und sogar einen Bischof. Der wusste gar nicht, wie ihm geschah, und auf mich wirkte er während des ganzen Gesprächs, das wir später einmal führten, als wäre ihm sehr schwindlig. Aber das ist bei Bischöfen ja immer so. Schließlich verabschiedete er sich von mir mit der Versicherung, ich sei »so ein wertvoller Mensch«, was mir ungefähr so wie das Götzzitat vorgekommen ist). Und natürlich viele, viele Absagebriefe, manche lang und umständlich, manche engagiert argumentierend und Hoffnung lassend oder schürend, die meisten vorgedruckt. Und dann doch die ersten Annahmen und die dazugehörigen Belege. Außerdem verstaubte Tonbänder und alte Kassetten von frühen Funkerzählungen (ja, damals war das Radio noch Kulturträger – und Mäzen!) und einer Radiofamilienfortsetzungsserie, gemeinsam mit drei anderen alten, völlig belämmerten Lokalschrift-stellern geschrieben. Nach der vierten oder fünften Folge schmiss ich den Belämmerten mitten in der Produktion alles hin – »L'Eklat, c'est moi!« war damals meine Maxime. Nach und nach – etwa ab dem fünften oder sechsten Inspektionsbesuch – entdeckte mein Mörder in den tiefer gelegenen Schubladen schließlich aber auch meine großen postum entstandenen Romane.

Emma, die stets an der Kante der Couch saß, trug noch schwarze Trauerkleidung und auch die schwarzen Nylonstrümpfe, die ich gut kannte und die im Auge des Betrachters nicht nur Trauer auslösten. (Die Betrachter waren mein Mörder und ich, was aber natürlich weder er noch sie wissen oder auch nur ahnen konnten.) Mein Mörder setzte sich, eine gewisse Arbeitserschöpfung vorschützend, neben meine Frau, und während er, Emma fixierend, den Satz sagte: »Das sind Meisterwerke! Ich bin höchst erstaunt. In ihrer Art wirklich Meisterwerke!«, legte er seine Hand zum ersten Mal vorsichtig auf das schwarz bestrumpfte Knie meiner Frau, eine Geste, die man naiv und arglos als »jovial« oder »amikal« hätte missdeuten können.

Adrenalin, Serotonin, Testosteron und ich weiß nicht welche Säfte wären mir bei diesem Anblick wie Wildbäche und Wasserfälle durch den Körper geschossen, hätte ich noch einen gehabt. Meine Frau lächelte verlegen, schob seine Hand weg und bot meinem Mörder Tee an. Sie hatte es sich nicht eingestanden, aber unbewusst wohl doch wahrgenommen, dass mein Mörder ein gut aussehender Mann war. Man konnte sagen, was man wollte: Mein Mörder hatte eine gewinnende Art, und er stand mit beiden Beinen im Leben. Ein Literaturwissenschaftler, ein einflussreicher Philologe und Kulturträger war letztlich tatsächlich das, was mir zu meinem Glück gefehlt hatte. Wirklich gelang es meinem Mörder, einen aufstrebenden Verlag ausfindig zu machen, der meine Meisterwerke herausgab. Die strategische Grundsatzfrage war, ob man die Werke aus meinem Nachlass herausgeben sollte, unter einem Pseudonym – ich war ja, ohnehin nie wirklich bekannt, mittlerweile längst vergessen –, oder ob man am geschicktesten einen lebenden Autor, einen aus Fleisch und Blut, zum Werk dazuerfindet, damit er es transportieren könne. Mein Mörder war – ganz zu Recht – für diese zweite Variante, ganz einfach, weil ein existierender Autor für die Verbreitung und den Verkauf seines Werkes von ungemeiner Bedeutung ist, und weil etwa Interviews, Fernsehdokus, Autorenlesungen schwer ohne den Autor funktionieren. (Die Gefahr, dass Forscher ihm beim Forschen auf die Schliche kommen könnten, war gering, das wusste er als einer vom Fach: Forscher erforschen nur, was sie erforschen wollen. Daher steht das grundsätzliche

Forschungsergebnis immer schon vor der Forschung fest. Bezahlt ohnehin die Allgemeinheit.)

Also spaltete sich mein Mörder sozusagen in sich und mich, also in eine reale Person und in eine Kunstfigur auf, die als Künstlername meinen Namen annahm, in meinem Namen meine Bücher signierte, sein Konterfei auf meinem Buchumschlag hatte, öffentlich (für hohe Honorare) aus meinen Romanen las, die mittlerweile, wie allgemein bekannt, längst zum Kanon der Literaturgeschichte und zum Bildungsgut der Gegenwart gehörten und auch dem mutigen Verlag zu Weltruf verhalfen, während die reale Person nach den Lesungen und dem gemütlichen Beisammensein mit Adabeis und Verehrern meistens im Hotelzimmer ausführlich mit meiner Frau schlief. Nach langem Weggeschwiegenwerden plötzlich eine zweite Auflage, eine dritte, nach langem unerklärlichem Misserfolg unerklärlicher Erfolg, ein Mordserfolg sozusagen, ein Welterfolg aus dem Nichts heraus: Ein Mörder müsste man sein!

So wendete sich alles für alle zum Guten, auch für mich, denn mir selbst – das gebe ich zu – wäre vom Schreiben, vom unmittelbaren Schöpfungsakt einmal abgesehen, die Schreibkarriere nicht einmal ansatzweise so gelungen, und das ganze Drumherum hätte mich sicher auch angeekelt. Zutiefst angewidert hätte es mich, ganz bewusst meine Attraktivität einzusetzen, Liaisonen einzugehen, permanent Zirkus oder

Skandale zu machen und mir ein dichtes Netz von literarischen Förderern und Gönnern aufzubauen, die ich für die Unterstützung meiner literarischen Ambitionen dringend benötigte. Nein, nein, nein, so eine Tussi war ich nie. Vielleicht bin ich auch gar nicht attraktiv, sondern Geschmackssache. Diva ja. Tussi nein. Einladungen der Gruppe 4711 schlage ich prinzipiell aus. Ich bin zufrieden, dass mein Name »auf dem Firmament« jetzt auch so »hell in Euren Augen brennt.«

Dieser Tage feiert nun der Verlag (ich darf behaupten: mein Verlag. Gewissermaßen mein Verlag) ein großes, rundes Jubiläum wie damals ich, und man möchte ein großes Fest feiern mit vielen Ansprachen, Lesungen, Musik, Tanz, Schmalschwatz und großem Buffet. Gutes Gelingen! Von überall werden die einflussreichsten Leute des Marktes kommen und dem Jubilar ihre Reverenz erweisen. Den Tüchtigen gehört die Welt, mir die Nachwelt. Das Fest will mein Mörder, dem ich so viel verdanke, nützen, um mein (sein) jüngstes Werk der Öffentlichkeit zu präsentieren. Es heißt *Paradise Night* – man könnte den Titel fast als Anspielung auf diese große Festnacht verstehen. Es geht aber um Leben und Tod und das Leben nach dem Tod oder das Leben statt des Todes. Wie in einer Revue treten da große unsterbliche Gestorbene auf, Meister meines Faches, Beckett etwa, der James Joyce hoch verehrte, der Ibsen hoch verehrte, der Sacher-Masoch hoch verehrte, dessen Tod einmal zu seinen Lebzeiten irrtümlich kolportiert und gemeldet wurde, sodass der alte Sacher-Masoch auf seiner Terrasse in Lindheim frühstückend zum Morgenkaffee und zur Morgenzigarette in der Morgenzeitung in aller Ruhe genüsslich seinen Nachruf lesen konnte, der allerdings wenig schmeichelhaft war. (Nach seinem wirklichen Tod wurde die Asche Sacher-Masochs in einer Urne bestattet, die auf dem Dachboden des Nachbargebäudes aufgehoben wurde, das bald einmal bis auf die Grundmauern niederbrannte – mitsamt der Urne und der Asche – die allerdings nicht selber brannte –, für einen Masochisten natürlich das ideale Endgültigkeitsende.)

Der Titel meines Werks selbst leitet sich aber vom Komponisten Friedrich Gulda – dem großen Mozartfreund – her, der, bereits schwer krank, seinen Tod selbst lancierte, und es gelang ihm tatsächlich, die Medien zu düpieren, um dann im Konzerthaus im Rahmen eines großen Auferstehungsfestes, der Paradise Night, unterstützt von DJs und Tänzerinnen, den Paradise Girls, in Fleisch und Blut wiederaufzuerstehen. Die geenteten Medien reagierten ziemlich beleidigt, und als der schwer herzkranke Gulda – Auferstehung hin, Auferstehung her – wenige Wochen später tatsächlich, sozusagen: neuerlich starb, waren die daraufhin erscheinenden echten Nachrufe nicht nur quantitativ ein matter Abglanz der falschen. Vielleicht traute man dem Verblichenen auch nicht mehr. Wer zwei Mal stirbt, dem glaubt man nicht … Sein richtiger Tod war sozusagen der falsche, die billige Kopie.

Meinen Mörder faszinierte mein neues Opus magnum sehr, und das Beste war, dachte er, dass ich, der – wieder einmal seine legendäre Ichverschmelzungstechnik anwendend – genau über dieses Leben nach dem Tod vor dem Tod so spannend geschrieben hatte, jetzt tatsächlich irreversibel tot war. Er hingegen lebte, auch wenn er dieses Geheimnis seinem eigenen Wohlergehen zuliebe natürlich nicht lüften durfte. Mein Mörder, der in einem spezialangefertigten Sakko am Fest erschien, das aus den Umschlägen aller meiner Bücher geschneidert war und ihm wie angegossen passte, konnte natürlich nicht ahnen, dass ich über all seine Schritte und Pläne von Anfang, also von meinem Ende an Bescheid gewusst hatte, dass ich seine Gedanken lesen und seine Taten sehen und vorhersehen konnte. Dass Auferstehung für mich ein Kinderspiel war. Sollte er ruhig exzellenten Marzemino trinken! So wie einst er würde ich am Höhepunkt des Festes mit großem Getöse plötzlich als Gast erscheinen und allen Anwesenden die ganze große ungeheuerliche Wahrheit über das grausame Gesetz der Kunst offenbaren …

Töten Sie mich, sonst sind Sie ein Mörder!

Sabine M. Gruber

DREISSIG JAHRE UND DREI TAGE

Chefinspektor Fahmler sitzt in dem ihm vollkommen fremden Wohnzimmer von Hermann Reichel, vor einer Tasse Kaffee, und zwar: in Ruhe. Ja, Fahmler hat vor einigen Monaten frühzeitig seinen Ruhestand angetreten. Sehr frühzeitig und nicht sehr freiwillig. Unfreiwillig in Ruhe also sitzt Fahmler vor seinem Kaffee und noch dazu ohne Milch, denn es war keine Milch im Kühlschrank, und die schöne junge Frau hat es ganz offensichtlich nicht gewusst, bevor der Kühlschrank dann offen stand, gähnend leer. Vielmehr hat sie gewirkt, als wäre sie überrascht und wollte sich ihr Überraschtsein um keinen Preis anmerken lassen. Überhaupt scheint sie sich in der Küche, die angeblich ihre Küche ist, nicht gerade gut auszukennen. Erst hinter der dritten Schranktür hat sich die gesuchte Tasse verborgen und die Zuckerdose und in der zweiten Schublade der Teelöffel.

Oh! Mein Parkschein! Sie müssen mich entschuldigen, ich laufe kurz runter zu meinem Auto.

Mit ihrem Ausruf hat die junge Frau sich in Fahmlers Augen endgültig verraten. Schlagartig hat sich sein Verdacht erhärtet. Bedauerlicherweise hat sich bestätigt, wovor sein Instinkt ihn in der allerersten Sekunde gewarnt hat:

Sie kann nicht die sein, als die sie sich ausgibt.

Einen Sekundenbruchteil zuvor jedoch hat sein Instinkt ihm eine andere Botschaft übermittelt, und erst etwa eine Millisekunde danach ist sein Verstand wieder in der Lage gewesen, sich mit einer weiteren wichtigen Botschaft einzuschalten. Im Geist listet Fahmler alle drei Botschaften seines Bewusstseins oder vielmehr halb bewussten Unbewussten chronologisch auf.

Erstens: Küssen! Sofort!

Zweitens: Die Frau lügt wie gedruckt!

Drittens: Viel zu jung für dich, du Idiot.

Soll ich für Sie einen neuen Parkschein einlegen? Wenn Sie mir die Autoschlüssel geben …

Fragt Fahmler nun die schöne junge Frau und bemüht sich, die mögliche Antwort schon im Voraus einzuordnen und den richtigen Schluss daraus zu ziehen. Ein *Neindanke* gäbe seiner Hypothese neue Nahrung. Und was dann? Sie könnte auf- und davonlaufen, während er hier oben vergeblich auf sie warten würde. Sollte er sie wirklich entwischen lassen?

Ach ja, das wäre wahnsinnig lieb von Ihnen!

Sie kramt in ihrer Handtasche und zieht eine rote Geldbörse heraus und einen Schlüsselbund.

Ich fürchte nur, ich muss erst in der Trafik neue Parkscheine besorgen.

Äußerst raffiniert, die Dame, denkt Fahmler, äußerst raffiniert. Er kratzt sich mit dem rechten Zeigefinger am linken Nasenflügel, wie immer, wenn er nervös ist. Um sicherzugehen müsste er ihr jetzt unauffällig eine bohrende Frage stellen: Wie kommt es, dass Sie keine Dauerparkgenehmigung für den *Bezirk Wien Innere Stadt* haben, wenn Sie hier wohnen? Oder so ähnlich. Also warum fragt er sie nicht endlich? Warum bringt er sie nicht in Verlegenheit? Warum treibt er sie nicht in die Enge?

Vermutlich: siehe erstens.

Sie sofort zu küssen wäre ebenso eine in Erwägung zu ziehende Möglichkeit, die junge Frau auf die Probe zu stellen. Falls sie nämlich entsetzt vor ihm zurückweichen oder ihm eine knallen würde, dann wäre sie ja vielleicht tatsächlich Hermann Reichels Frau. Oder aber die Frau von irgendjemandem. Oder einfach nicht an ihm interessiert. Also doch kein wirklich sicherer Test, und abgesehen davon: siehe drittens.

Bin gleich wieder da!, sagt die junge Frau und zieht die Wohnungstür zu, hinter der sie sich ihm vor etwa zehn Minuten als Inès vorgestellt hat, mit Betonung auf der zweiten Silbe. Inès. Ohnenachname. Am Telefon hingegen hatte sie sich mit Reichel gemeldet. Reichel Ohnevorname, dafür jedoch mit dem typisch fragenden Tonfall, also etwa: Reichel? Das

Ohnenachname könnte verdächtig sein. Einerseits. Andererseits, denkt Fahmler und zieht ein Notizheft im A5-Format, unliniert, und einen Bleistiftstummel aus seiner verbeulten Sakkotasche.

Andererseits: Ohnenachname = natürlich, falls tatsächlich mit Hermann Reichel verheiratet.

Kann ich mit Hermann sprechen?, hat Fahmler die Frau am Telefon gefragt. Wissen Sie, Hermann und ich, es ist genau dreißig Jahre und drei Tage her, da haben wir gemeinsam unsere Matura gemacht, seit damals haben wir uns nicht gesehen, und ich bin dabei …

Dreißig Jahre und drei Tage!, hat die Frau, deren Stimme Fahmler als sehr jung empfand, ausgerufen, mit einem angenehm hellen Lachen. So ein Zufall! Ich bin vor genau drei Tagen dreißig geworden.

Meine allerherzlichsten Glückwünsche zum Geburtstag!

Oh, danke. Erinnern Sie mich lieber nicht. Hermann ist leider nicht zu Hause, er ist – verreist.

Fahmler hat eine unmerklich zu lange Pause zwischen *ist* und *verreist* wahrgenommen.

Schade, ich wäre gerade in der Gegend gewesen.

Ja, wirklich schade.

Hat die junge Frau von dreißig Jahren und drei Tagen gesagt und etwas hinzugefügt, mit einem leichten Zögern, oder hatte Fahmler nur den Eindruck eines Zögerns? Denn zugleich erschien ihm die

67

Frage spontan und gar nicht wie eine Frage, sondern wie eine Feststellung, beinahe eine Aufforderung. Der höchste Ton der Melodie ihres Satzes lag auf der zweiten Hälfte von *Kaffee* –

Möchten Sie auf einen Kaffee vorbeikommen

– und senkte sich sehr bestimmt auf das *Vorbeikommen* herab, während Fahmlers Antwort –

Wenn es Ihnen keine Umstände macht

– auf dem *Um* von *Umstände* ihren Höhepunkt fand und das Ende offen ließ, lose und ausgefranst in der Luft hing, wie das Ende des melierten Wollfadens eines handgestrickten, aufgetrennten und wieder zu einem Knäuel aufgewickelten Pullovers.

Dabei versuchte Fahmler krampfhaft, seine Sprechgeschwindigkeit in den Griff zu bekommen.

So weit seine Erinnerung reicht, hat er sie. Diese unwiderstehliche Neigung. Diesen Drang. Hastig zu sprechen. Hastig und abgehackt. Ein Wort scheint sich über das nächste stürzen zu wollen, sodass beide Wörter übereinander zu liegen kommen, praktisch oder vielmehr: akustisch. Sein Beruf hat ihn gezwungen, seinen Schnellrededrang unterdrücken zu lernen. Sogar eine Logopädin hat er einige Wochen lang aufgesucht. Vielleicht hat er seinen Beruf genau deshalb gewählt. Weil er ihn zur Mäßigung seines Redetempos genötigt hat. Undenkbar jedenfalls, ein Kommissar, der einen potenziellen Mörder überstürzt verhört, schon die Vorstellung ist geradezu lächerlich.

Der Mörder würde ihn gar nicht ernst nehmen. Nicht einmal als Provinzkommissar in einer mittelmäßigen deutschen TV-Serie käme er damit durch.

Doch wenn Fahmler nervös ist, bricht seine Neigung durch. Dann kann er sich nicht bremsen.

Die Fälle von überstürztem Sprechen häufen sich. In letzter Zeit. Seit man ihn in Rente geschickt hat. Oder seit man ihm die Schädeldecke aufsägen musste? Das eine hängt ursächlich mit dem anderen zusammen.

Eines Tages war er beim Training im Fitnessstudio ohnmächtig zusammengebrochen und im Rettungswagen mit Blaulicht ins Allgemeine Krankenhaus gebracht worden. Ab in die Röhre. Computertomografie. Als er wieder zu sich kam und halbwegs klar denken konnte, hielt man ihm das Foto einer Marille vor die Nase, einer weißen Marille, die mitten in seinem Schädel gewachsen war, wohl über Monate oder Jahre. Das Ding wurde wegoperiert und erwies sich als gutartig. Als inoperabel bösartig hingegen entpuppten sich sein direkter Vorgesetzter und sein netter Kollege oder vielmehr: Mitarbeiter. Erst die Mitleidsmasche, scheinheilig, und dann: Mobbing allererster Güte. Man enthielt ihm Informationen vor, redete hinter seinem Rücken, beendete abrupt Gespräche, sobald er ins Zimmer kam, betraute ihn mit unbedeutenden Fällen, um ihn zu *schonen*, vorgeblich. Obwohl die gutartige Marille restlos entfernt war, spielten die beiden Männer damit, sein Vorgesetzter und sein Kollege. Sehr geschickt. Fahmlers Beschwerde an allerhöchster Stelle konnte nicht fruchten. Sofort wurde hinter vorgehaltener Hand gemunkelt, er leide an Verfolgungswahn, kein Wunder, die Marille habe eben sein Hirn zusammengedrückt, das sei ein bekannter Auslöser für Aggression und das Gefühl, verfolgt zu werden. Armer Mensch, bedauernswert, doch eigentlich habe sich sein Zustand schon die längste Zeit abgezeichnet, ja sogar ganz deutlich manifestiert. Im Nachhinein betrachtet wollen es alle schon immer gewusst haben. Offensichtlich habe die Marille, wenn auch entfernt, Spuren hinterlassen, in Fahmlers Gehirn, einen Haufen Gespenster nämlich. Mobbing – ha! Einbildung! Die alte Dame, die unter mysteriösen Umständen im Pflegeheim verstorben ist, hat man ihm kurzerhand: entzogen. Obwohl er so nahe dran war, ihren Mörder zu überführen. Ganz klarer Fall doch von natürlichem Tod! Hat man behauptet und dem Herrn Chefinspektor nahegelegt, doch lieber das großzügige Angebot anzunehmen. Invaliditätspension. Mit achtundvierzig Jahren! Ja, zugegeben, von Zeit zu Zeit überfallen ihn diese Schmerzen im Kopf, diese rasenden Kopfschmerzen. Und dann hat er diese kurzen Momente, an die sein Kopf sich nicht erinnern kann. Wenigstens hat sein netter Kollege immer wieder einmal so etwas angedeutet. Er, Fahmler, hätte dies oder jenes getan, woran er sich beim besten

Willen nicht erinnern konnte. Alles erfunden. Alles Teil des perfiden Mobbingprogramms. Oder doch nicht? Immer häufiger zweifelt Fahmler an sich selbst.

Das Allerschlimmste, sinniert Fahmler, während er in seinem Kaffee ohne Milch rührt und auf Inès' Rückkehr wartet, ist, dass die, die ihm zuvor seine spektakulären Fahndungserfolge und seine steile Karriere geneidet haben, ihm jetzt seinen unfreiwilligen Ruhestand missgönnen, von dem sie nicht nur profitieren, sondern den sie auch selbst herbeigeführt haben.

Neider
sind leider
überall.

Schreibt er in sein Heft, das er gewohnheitsmäßig immer noch mit sich führt. Allerdings setzt Fahmler es –

(Neider
sind leider
überall.)

– in Klammer, weil es mit seinem aktuellen Fall nun wirklich nichts zu tun hat. Wenn er auch zugeben muss, dass er Hermann Reichel um seine Frau Inès beneidet. Wenn sie auch vielleicht oder sogar mit hoher Wahrscheinlichkeit gar nicht seine Frau ist. Fall? Welcher Fall? Die Macht der Gewohnheit. Er sieht auf die Uhr. Wie lange ist sie schon weg? Zu lange. Er steht auf und stellt sich ans Fenster. Fast ist er versucht, es zu öffnen, um besser sehen zu können. Da unten steht sie. Vor dem Eissalon. Von oben sieht sie womöglich noch hübscher aus. Brünetter Pagenkopf. Schlichtes ärmelloses Kleid, knielang, weiß mit kleinen rosa Punkten. Leicht gebräunte Arme und wunderschön geformte Beine. Flache Schuhe.

Aber ich kann ihn nicht erreichen!, sagt Inès ungeduldig aufgeregt in ihr Smartphone und starrt auf das Schild BLUTORANGE, das in einem cremigen Gebirge aus orangerotem Eis steckt. *Ich kann ihn eben nicht fragen! Verstehst du, Marie? Das ist genau mein Problem!*

Sie telefoniert. Wo ist das ominöse Auto mit dem abgelaufenen Parkschein? Die Tabak-Trafik, in der sie Parkscheine hätte kaufen können, befindet sich schräg gegenüber, auf der anderen Straßenseite. Sie jedoch geht zwischen Hauseingang und Eissalon auf und ab. Natürlich muss er an die berühmte kaltblütige Eissalon-Mörderin denken. Obwohl diese im Keller eines ganz anderen Eissalons ihre Männer einbetoniert hat.

Mein Gott, wo bin ich da nur hineingeraten. Ich weiß auch nicht, welcher Teufel mich geritten hat. Nein, das geht gar nicht, ich habe meine Jacke oben liegen gelassen. Genau. Außerdem – neugierig bin ich schon. Heute Morgen beim Frühstück habe ich mir noch gedacht: Warum passiert in meinem Leben eigentlich nie etwas Aufregendes? Ja, ich weiß, ich sollte mit dem Wünschen vorsichtiger sein. Vielleicht geht meine Fantasie wieder

einmal mit mir durch. Vielleicht heißt er ja tatsächlich
Fahmler und ist Hermanns Schulfreund.

Eine junge hübsche Frau, die sich verdächtig benimmt, und das unmittelbar neben einem Eissalon, das führt automatisch zu dieser Assoziation. Zumindest im Kopf eines Chefinspektors. Das ist ganz normal. Ihm ist heiß geworden. Trotz der fast dreißig Grad an diesem Junitag trägt er über seinem Kurzarmhemd ein Sakko mit Krawatte. Er hat immer ein Sakko mit Krawatte getragen, in seiner aktiven Zeit. Ein Chefinspektor muss ein Sakko mit Krawatte tragen. Immer. Sonst wirkt er nicht seriös. Jetzt lockert Fahmler die Krawatte. Immerhin.

Ja, ja, er sieht wirklich gut aus. Wie? Oh, dunkelblond, blaugraue Augen, randlose Brille … groß? Nein, nicht sehr groß. Dafür hat er eine gute Figur. Redet unheimlich schnell, ich glaube, er ist schüchtern. Er hat etwas Monkartiges an sich, bei dieser Affenhitze trägt er ein Sakko mit Krawatte, stell dir vor! Aber irgendwie ist er süß. Klar passe ich auf mich auf. Ich halte dich auf dem Laufenden, Marie, ich ruf dich später noch einmal an.

Fahmler kann sich nicht mehr beherrschen. Er entfernt sich rasch vom Fenster und beginnt die Wohnung zu inspizieren. Alte Gewohnheit. Irgendetwas stimmt nicht. Er nimmt Witterung auf. Sucht etwas. Aber was? Spuren. Aber Spuren wovon? Schlafzimmer, unverdächtig. Küche, stickig heiß, die Westsonne brennt Löcher in die Fensterscheiben. Abstell-

raum, aufgeräumt. Im Vorraum hält er inne. In der Garderobe hängt einsam eine pastellrosa Strickjacke. Er beschnuppert sie. Vergräbt seine Nase darin. Saugt tief den weiblichen Duft in die Nase. Inès …
Reiß dich zusammen, Fahmler.

Vor der Tasse mit Resten von Kaffee, der inzwischen kalt geworden ist, notiert er mit dem Stummel seines unradierbaren Tintenbleis in blasslila Schrift, klein und eilig.

– *Junggesellenwohnung*

– *z. T. längere Zeit ungelüftet (3–4 Wochen?)*

– *Auffällig!!! Teure Grünpflanzen welk/verdorrt*

– *Pachyra Aquatica, Ficus Benjamina, Dracaena, Chrysalidocarpus Lutescens, Yucca Elephantipes)*

– *kürzlich gegossen (Putzfrau???), zu viel!*

Ertränken ist die beliebteste und häufigste Methode, denkt Fahmler und schüttelt den Kopf, Zimmerpflanzen umzubringen. Das Badezimmer. Ich habe das Badezimmer nicht untersucht.

(An einem Häkchen

hängt

einsam

ein Jäckchen.)

Verdammt. Früher wäre ihm so ein Fehler niemals unterlaufen. In seiner aktiven Zeit. Da hätte er sich nie von einer Frau ablenken lassen. Deshalb hat er wohl bis heute keine. Zumindest keine Ehefrau. Aktive Zeit! Schon wieder! Wie das klingt!

Er hört ein Geräusch an der Wohnungstür. Ganz leise. Inès. Wollte sie nicht gehört werden? Die Tür zum Wohnzimmer ist einen Spalt breit offen.

Fahmler lässt Heft und Tintenbleistummel hastig in seiner Sakkotasche verschwinden.

Er rückt seinen Stuhl nach hinten, schlägt lässig die Beine übereinander, verschränkt die Hände hinter dem Kopf und setzt seine undurchdringliche Chefinspektormiene auf. Er wartet. Doch Inès erscheint nicht. Sie hat sich vom Vorzimmer aus direkt in die Küche begeben. Geschlichen? Fahmler rührt sich nicht. Angestrengt lauscht er auf Geräusche, durch die verschlossene Tür, die das Wohnzimmer von der Küche trennt. Eine Schranktür wird zugeworfen. Glas klirrt. Etwas Hartes trifft auf die Arbeitsplatte. Etwas stößt gegen ein Hindernis, mit einem Ruck. Küchenlade. Metallisches Klappern. Besteck. Messer? Fahmler überfällt eine böse Ahnung. Er springt auf, pirscht sich heran, geräuschlos wie ein Tiger. Er reißt die Tür auf. Da steht Inès, die Augen dunkel aufgerissen. In der rechten Hand hält sie ein riesiges Fleischmesser.

Ein stechender Schmerz durchzuckt Fahmlers Kopf und breitet sich rasend schnell aus.

Etwa zwei Stunden später wird Hermann Reichel, zurück aus seinem dreiwöchigen Urlaub in der Toskana, einen Tag früher als geplant, braun gebrannt und erholt und frohgemut pfeifend die Tür zur seiner Wohnung aufsperren. Sie ist nur ins Schloss gezogen, wird er feststellen, der Schlüssel ist nicht herumgedreht. Das wird ihn stutzig machen und seinem frohgemuten Pfeifen jäh ein Ende setzen, mitten in der Melodie. Während sein Riesenkoffer auf vier Rollen elegant ins Vorzimmer gleitet, wird sein Blick zunächst auf ein rosa Jäckchen fallen. Und dann auf seine geliebte *Chrysalidocarpus Lutescens*, deren ehemals saftig dunkelgrüne Fächerblätter sich ihm braun entgegenstrecken, während sich zu ihren Füßen eine Wasserlache ausbreitet, die Hermann Reichels Blick weiter nach links lenken wird, zur Küchentür, die eine Handbreit offen steht und unter der eine andere Flüssigkeit hervorquillt, eine dunkelrote. Hermann Reichels Puls wird rasen. Nur mit Mühe werden ihn seine Füße die zwei Schritte zur Tür tragen, sodass er durch den Spalt sehen kann. Neben der Spüle wird er sein größtes Küchenmesser liegen sehen, unter dem Tisch mehr von der roten Flüssigkeit. In der ganzen Wohnung herrscht Totenstille. Langsam, ganz langsam wird Hermann Reichel sich rückwärts bewegen, die Wohnungstür öffnen und die Treppe hinunter auf die Straße flüchten.

Der Mann in Sakko und Krawatte und die schöne junge Frau in dem weißen Seidenkleid mit den rosa Punkten, die einen Häuserblock weiter in einem Kaffeehaus einander gegenüber sitzen, seit fast zwei Stunden, werden sich über die unentwegt blinkenden Blaulichter von mindestens zwei Polizeiautos vor dem Fenster wundern. Allerdings nur kurz und flüchtig, so sehr sind sie in ihr Gespräch vertieft.

Mein Gott, die Bombe! Sagt Inès plötzlich. Wir haben die Bombe stehen lassen!

(Die Bombe lassen
wir Bombe sein,
sie wird
dahingeschmolzen
sein.)

So wie ich, denkt er und zögert, ehe er Inès' Hände, die auf dem Tisch liegen, in die seinen nimmt, endlich, denn das hat er schon die ganze Zeit über tun wollen.

Die Bombe hat Inès im Eissalon gekauft, einer spontanen Eingebung folgend und weil es so heiß war. Eine Fruchtbombe mit hohem Blutorangenanteil. Sie wollte Fahmler überraschen. Und dann, als sie die Bombe auf einen Glasteller gestürzt und ein geeignetes Messer entdeckt hatte, das sie gerade eben unter einen heißen Wasserstrahl halten wollte, hat Fahmler sie beinahe zu Tode erschreckt, indem er ohne Vorwarnung die Tür zur Küche aufriss. Er hat Inès angestarrt, das Messer, die blutrote Bombe und ist ohne zu überlegen mit der entscheidenden Frage herausgeplatzt:

Führen Sie eine Fernbeziehung?

Wer.

Sie und Hermann.

Also, hat Inès gestammelt, während die Farbe ihres

Gesichts sich der Farbe der Bombe anglich, das ist eine längere Geschichte.

Darf ich Sie auf ein Glas Prosecco einladen?

Hat Fahmler gefragt, und dabei überschlugen sich seine Worte mehr denn je. Als kleine Entschädigung für den Schrecken, den ich Ihnen eingejagt habe. Tut mir wirklich leid. Berufskrankheit.

Ja, und dann hat Inès ihm alles erzählt. Dass in ihrem Leben niemals etwas Interessantes passiert. Dass immer nur die anderen Abenteuer erleben. Dass sie mit Nachnamen tatsächlich Reichl heißt, ja, allerdings ohne e! Hermann Reichel ist nur ein Bekannter, nicht einmal ein besonders guter. Er hat sie gebeten, in seiner Abwesenheit seine geliebten Zimmerpflanzen zu gießen. Sie hatte es beinahe vergessen! Weil sie so durcheinander war, wegen der Kündigung. Kündigung? Ja, ihr Chef in dem Detektivbüro, in dem sie als Sekretärin gearbeitet hatte, hat sie auf die Straße gesetzt, seiner neuen Freundin wegen, die den Posten beanspruchte. Detektivbüro? Ja. Nichts Interessantes, nein, nur eifersüchtige Männer und Frauen, die Beweisfotos für Seitensprünge haben wollen, selbst wenn diese gar nicht stattfinden.

Keine Ahnung, welcher Teufel mich geritten hat, überhaupt abzuheben. Und dann Ihre Annahme, ich sei Hermanns Frau, nicht aufzuklären. Ich glaube, es ist … ich fand – Ihre Stimme so angenehm.

Lügen, schreibt Fahmler im Geiste mit seinem

unradierbaren Tintenblei in sein Fahndungsheft in Ruhe, *haben kurze Beine, tragen ihre Erfinder jedoch manchmal auf dem schnellsten Weg ans richtige Ziel.*

Ich muss Ihnen ein Geständnis machen.

Ja?

Ich weiß nicht einmal, ob Ihr Hermann Reichel mein ehemaliger Schulfreund ist.

Aha. Ich hatte so einen Verdacht.

Ich habe Sie von hinten gesehen, Inès. In Ihrem wunderhübschen Kleid. Sie haben telefoniert und dabei eine Visitenkarte verloren. Ich habe sie aufgehoben. Wollte Ihnen nachlaufen. Doch dann las ich den Namen. Hermann Reichel. Wie mein Schulfreund. Sie sind im Hauseingang verschwunden. Da gab es das Türschild – Hermann Reichel. Ich habe mich in dieses Kaffeehaus gesetzt und nachgedacht. Und dann habe ich die Nummer gewählt.

Während die blauen Lichter aufhören sich zu drehen, die Polizeiautos sich entfernen und Fahmler die Hand der jungen Frau an seine Lippen zieht und sie küsst, stellvertretend für ihren Mund, lächelt Inès verschmitzt:

Haben Sie eigentlich auch einen Vornamen, Fahmler?

Nein, sagt Fahmler und grinst. Er spricht jetzt ganz langsam. Kommissare haben grundsätzlich nur Nachnamen. Lesen Sie denn niemals Krimis?

Rudolf Habringer

IST SO

Nachts fuhr Hieger mit dem Wagen, den Lengyel gemietet hatte, einem abgefahrenen Opel Corsa, quer durch Österreich. In Mondsee zog er Bargeld aus einem Bankomaten. Bis Dornbirn würde das Benzin reichen. In Österreich noch wollte er nachtanken und bar bezahlen. Die Fahrzeit nach Genf betrug neun Stunden, wenn er einen kurzen Halt mit einrechnete.

Zwei Wochen vorher war Hieger in der Gegenrichtung unterwegs gewesen. Auf dem Heimweg nach Wien. In Salzburg hatte er einen Gastvortrag an der Uni gehalten. Der Vortrag war schlecht besucht gewesen. Verärgert hatte er sich danach sofort ins Auto gesetzt. Bald darauf hatte er Hunger verspürt und beschlossen, an der Autobahnraststätte in Mondsee zu halten, um eine Kleinigkeit zu essen. Die Idee dazu war ihm spontan gekommen. Es war eine Dummheit gewesen. Ein Fehler. Eine Entscheidung, die er sich sein Leben lang vorhalten würde.

Gibt es den Zufall? Er saß in dem schütter besetzten Restaurant und hatte bei einer erschöpft wirkenden Kellnerin eine Gulaschsuppe bestellt, als ihm jemand von hinten auf die Schulter klopfte. Ein Mann, den Hieger nicht kannte.

Der Unbekannte agierte hysterisch. Euphorisch. *Welche Überraschung!* Der Mann zerkugelte sich vor Lachen

Er trug eine Jeansjacke und eine an den Hosenbeinen ausgefranste Jeans und hatte graues, strubbliges Haar. Um seinen Hals hing ein Amulett, ein in Silber gefasstes Horn.

Die Kellnerinnen klapperten mit Besteck und räumten eine Warmhaltevitrine leer, ansonsten war es ruhig. Der Mann, der sich so erfreut von hinten an ihn herangeschlichen hatte, war laut wie ein Kind, das sich nicht beherrschen konnte. Er schrie.

Wenn das kein Zufall ist!

Kennst du mich nicht mehr?, fragte Lengyel. Ich bin's doch, Peter Lengyel, schrie der Mann. In seinem Haar steckte eine Sonnenbrille. Es war später Abend, draußen war es dunkel, es war grotesk. Bist du's oder bist du's nicht, du bist doch Joe Hieger, oder bist du's nicht?, lachte Peter Lengyel und tippte ihn an. Eben hatte die Kellnerin, die ein Dirndl trug, die Suppe serviert.

Ob er sich zu ihm setzen dürfe?

Hieger hatte noch immer keine Ahnung, wer ihn da ansprach.

Jetzt sag bloß nicht, dass du mich vergessen hast, sagte Peter Lengyel und grinste. Er riss die Augen auf. Vor dreißig Jahren! Wien! Café Ritter! Dämmert's?, schrie Lengyel.

Am Ringfinger der rechten Hand trug er einen auffällig großen Ring mit einem blauen Stein.

Und du, was machst du so? So in Schale, wie du bist, sagte Lengyel und spielte darauf an, dass Hieger Anzug und Krawatte trug. Den Anzug hatte Hieger von der Stange gekauft, die Krawatte hatte ihm Renate von einer ihrer Einkaufstouren mitgebracht. Er hatte keine Lust, die Frage zu beantworten.

Wo kommst du denn so plötzlich her?, fragte Hieger und sein Erstaunen war echt. Sie duzten einander ungefragt. Lengyel fasste dieses höfliche, überraschte Nachfragen als Aufforderung zum Erzählen auf. Hieger hätte den Mann, den jetzt schlagartig die Erinnerung befeuerte, nicht fragen sollen. Sich überhaupt nicht ins Gespräch verwickeln lassen. Es war ein Fehler gewesen. Er war überrumpelt worden. In einer Autobahnraststätte. Es war lächerlich.

Lengyel erzählte und hörte nicht mehr auf. Gleich nach dem Studium war er ausgewandert, nach Australien, Abenteuerlust, verstehst du, sagte er, geträumt haben ja viele davon, aber gemacht hat's kaum einer, ich hab mich getraut, hab mich hinaufgearbeitet, das waren Jahre, sagte Lengyel, erst in der Gebrauchtwagenbranche, schließlich im Immobiliengeschäft ge-

landet. Und hängen geblieben. Die Liebe, verstehst
du? Wir haben uns was aufgebaut da unten, sagte
Lengyel, uns fehlte nichts. Und dann kam die Krise. Und als dann meine Ehe kaputtging. Ich habe ja
zwei Kinder, sagte Lengyel. Hast du auch Kinder?,
fragte er. Und bist du noch mit der Frau zusammen,
wie hieß die damals, hieß die nicht Renate?, fragte
Lengyel. Bist du noch mit der zusammen?, wiederholte er. Da musste Hieger doch nicken.

Die hat doch damals alles eingefädelt, du erinnerst
dich noch?, fragte Lengyel.

In Down Under war ich noch nie, sagte Hieger.
Alles, was er herausbrachte, waren Ausweichsätze,
schwächlich. Defensivsätze. Sätze, aus der Verlegenheit geboren. Ohne Druck, ohne Mumm.

Er hätte sofort sehen müssen, dass dieser Lengyel
am Ende war. Dass der sich deswegen um Kopf und
Kragen redete, weil er ganz unten war. Er hatte das
zu spät begriffen. Er hatte gar nichts begriffen. Er war
wie benommen gewesen von dem Angriff.

Da war viel Pech im Spiel, weißt du, sagte Lengyel.
So ist das Leben. Einmal oben, einmal unten. Ich
hab da Erfahrung.

Lengyel grinste, rechts in seinem Unterkiefer fehlte
ein Zahn. Er sah nicht besonders vertrauenswürdig
aus. Hieger ertappte sich dabei, dass er am Ohr des
Gegenübers ein Flinserl suchte. Aber er fand keines.
Er wusste nicht, was er Lengyel glauben sollte. Es

war Zeit, nach Hause zu fahren. Er würde dem Typen den Espresso zahlen und sich auf den Heimweg machen.

Mit der Autofirma haben wir Schluss gemacht. Aber mit den Immobilien ging es prima. Jahrelang. Bis dann die Haie kamen. Turbokapitalisten. Die Großen fressen die Kleinen. Ist so, sagte Lengyel. Dann ist auch noch die Ehe in die Binsen gegangen. Sie hat geglaubt, dass sie mit einem Eingeborenen glücklich wird. Wie sagt man?, fragte Lengyel. Du kannst das Glück nicht zwingen. Oder wie heißt es auf Wienerisch: Das Glück ist ein Vogerl. Mensch, habe ich lange nicht gesagt, sagte Lengyel. Er lachte und legte seine Zähne frei. Seine Nase wirkte gerötet. Von der Sonne oder vom Saufen?

Dreißig Jahre, und dann treffen wir uns per Zufall, sagte Lengyel. Das kann doch nicht mit rechten Dingen zugehen. Du bist müde? Ich lasse dich schon in Ruhe. Aber wir sollten etwas nachbesprechen. Du hast doch eine Karte?

Hieger zahlte bei der Kellnerin, die ihre Kassiertasche bereits abgelegt hatte und wohl gleich aus dem Dienst ging und reichte Lengyel seine Karte.

Respekt, sagte der und pfiff. Die Kellnerin war schon weg. Du hast es ja zu etwas gebracht. Doktor gar, Unidozent, Bundesrat. Du hast dich ja gemacht, sagte Lengyel.

Ich muss jetzt fahren, sagte Hieger.

Ich melde mich, sagte Lengyel. War mir ein Vergnügen.

Er fahre in die andere Richtung, Richtung Salzburg.

Am späten Nachmittag rief Lengyel an. Ich bin da, sagte er. Ich stehe hier in der Nähe des Campingplatzes, sagte er, beim Parkplatz.

Ich hole dich ab, sagte Hieger, sonst verfährst du dich. Irgendetwas in ihm sperrte sich dagegen, dass er Lengyel mit dem Auto zu ihrem Haus fahren ließ.

Es war Ende Oktober, ein feuchter, regnerischer Tag, dunkle Wolken hingen über dem See, der Wind zerrte an den Bäumen, die Blätter konnten sich nicht mehr an den Ästen halten, bald würde es Frost geben. Der Sommer war lange vorbei.

Es war ein Fehler gewesen, sich noch einmal mit Lengyel zu treffen. Wahrscheinlich war es auch falsch gewesen, dem Treffen an diesem Ort zuzustimmen, hier im Ferienhaus am See.

Wo steckst du denn, hatte Lengyel gefragt, als er ihn angerufen hatte. In Wien?

Hieger war zu ehrlich gewesen. In unserem Sommerhaus am Attersee, hatte er wahrheitsgemäß gesagt. Und Lengyel hatte sich eingeladen. Und Hieger hatte sich gefügt.

Anderntags würde er nach Genf zu einem Historikerkongress fliegen, bei dem es um die wirtschaftlichen und sozialen Folgen des Ersten Weltkriegs für Mitteleuropa ging. Hieger hatte für ein Referat zugesagt und sich für ein paar Tage zur Fertigstellung des Manuskripts zurückgezogen.

Auf dem Parkplatz ließ er Lengyel einsteigen. Es hatte zu regnen begonnen, die Straßen waren menschenleer. Der Mietwagen Lengyels trug ein Salzburger Kennzeichen.

Nobel, sagte Lengyel grinsend, als sie das Haus betraten. Hieger reagierte nicht. In dem Gebäude steckte die Arbeit von dreißig Jahren, steckte das Geld, das er und Renate in dreißig Jahren verdient hatten. Nach und nach hatten sie das Haus, das sie abgewirtschaftet erworben hatten, renoviert und zu ihrem eigenen gemacht, zu einem sichtbaren Stück ihres Lebens. Von der Terrasse führte ein Weg über das Wiesengrundstück direkt zum See, wo das Ruderboot lag.

Ich hätte ihn gar nicht ins Haus lassen sollen, dachte Hieger, das hätte ich nicht machen sollen.

Sie standen in übergroßen Filzpantoffeln im Vorraum, Lengyel trug Renates abgeschossene rote Filzlatschen, die mit einem runden, surreal anmutenden Motiv bedruckt waren, es war grotesk.

Sie saßen in der Küche und tranken Rotwein, der in großer Menge im Keller gelagert war. Hieger hatte darauf geachtet, keinen allzu teuren zu nehmen. Kurz hatte er überlegt, eine Flasche australischen Shiraz aufzumachen, dann kredenzte er burgenländischen Roten. Dazu stellte er Knabbergebäck aus einer angebrochenen Plastikverpackung auf den Tisch. Er wollte es Lengyel nicht zu angenehm machen. Hieger war froh, als Lengyel endlich auf der Eckbank in der Küche saß, einen Moment lang hatte es ausgesehen, als erwartete Lengyel, dass er ihm das Haus zeigte, einen Moment lang hatte Hieger befürchtet, Lengyel erfrechte sich und genehmigte sich eine eigenmächtige Erkundung. Das Haus ging ihn einen Dreck an.

Sie tranken schnell und Hieger sah, dass Lengyel offenbar viel vertrug. Irgendetwas in ihm warnte ihn, nicht über die Stränge zu schlagen. Nicht heute. Morgen früh würde er nach Genf fliegen, übermorgen würde er den Vortrag auf dem Kongress halten.

Hieger hatte sich fest vorgenommen, nicht von früher anzufangen, aber Lengyel scherte sich nicht um den Vorsatz, von dem er nichts wissen konnte. Er hatte etwas Ungehobeltes, Übergriffiges, gefährlich Amikales an sich.

Wer hätte das gedacht, dass ich meinen alten Haberer wieder treffe, sagte Lengyel laut und klopfte Hieger über den Tisch hinweg auf die Schulter. Nach dreißig Jahren, lachte Lengyel und kommentierte sein Staunen mit einem *unglaublich* und einem gemeinen Lachen, das einem Hecheln gleichkam.

Beim Trinken tischte Lengyel nun auf, was er offenbar unbedingt aufgetischt haben wollte.

Hieger hatte in Wien studiert und an seiner Dissertation geschrieben, als seine Arbeit plötzlich ins Stocken geriet. Hieger hatte die Studienzeit überschritten, der Vater hatte die Zahlungen eingestellt. *Mach mir keine Schande*, hatte der Vater, der in der Kleinstadt eine Metzgerei betrieb, immer zu ihm gesagt, der Vater erwartete *ein Ergebnis*, den Studienabschluss. Hieger jobbte Abend für Abend in einer Bar, in der auch gekifft wurde – dort lernte er später auch Renate kennen –, Hieger fuhr ein Auto zu Schrott, Hieger hatte eine Freundin, die aus unerklärlichen Gründen beim Sex nicht aufgepasst oder ihn angelogen hatte, die Frau war jedenfalls plötzlich schwanger: Ein Kind kam nicht infrage, nicht so früh, nicht mit der Frau: Hieger nahm einen Kleinkredit auf und zahlte der Frau den Eingriff in Holland: Spesen, Stress, es war keine gute Zeit. Vor allem hatte er keine Zeit gehabt, sich auf die Diss zu konzentrieren. *Bin im Kopf nicht frei. Nicht locker. Die Arbeit hängt.* Das waren die Sätze damals.

Dann trat Renate in sein Leben. Sie sah, was los war. Sie half ihm aus der Patsche. In dem Moment damals war sie seine Rettung. Es gab da einen, den sie *The Holy Ghost* nannten, ein Genie angeblich, der auf der Geisteswissenschaft, Politik, Soziologie, Germanistik, Psychologie herumdilettierte und als eine Art Nothelfer herumgereicht wurde. Renate kannte ihn und stellte einen Kontakt her. Zu Lengyel. Der trug damals Haare, die ihm fast bis zu den Hüften reichten und Brillen, die so groß waren wie Untertassen. Lengyel spielte außerdem Keyboard in einer Rockband. So eine Art Jon Lord von Wien war der gewesen. Er war *The Holy Ghost*.

Das kann jedem einmal passieren, sagte Lengyel bei ihrem ersten Treffen, du hängst und ehe du dich versiehst, geht nichts mehr weiter. Ist normal eigentlich, hatte Lengyel gemeint. Und dass man sich das ja einmal anschauen könne.

Lengyel hatte ihm Mut gemacht. In Renates Wohnung hatten sie sich ein Wochenende lang eingesperrt, Hieger hatte Lengyel die bisher ausgearbeiteten Kapitel und weitere Fragmente seiner Dissertation vorgelegt. Die Arbeit war etwa zu einem Drittel gediehen und dann auf der Strecke geblieben.

Das bringen wir hin, hatte Lengyel gemeint. Es geht um eine Formalqualifikation, daran kann es nicht scheitern, hatte er gesagt. Du hast was drauf, das sehe ich, hatte Lengyel gesagt, als ihm Hieger die ersten Textentwürfe gezeigt hatte. Später fragt nie mehr jemand danach, hatte Lengyel gesagt. Ich lasse dich nicht hängen, hatte er ihm versichert.

Er hatte drei Kartons mit Papieren und Büchern in seinem Mini Cooper verstaut, sie hatten sich zweimal noch zu einem Zwischenbericht getroffen, nach zweieinhalb Monaten hatte Lengyel geliefert. Eine fertige Dissertation. Das Literaturverzeichnis erstellte Hieger mit Renates Hilfe. Er promovierte mit der Note Gut, das Rigorosum war ihm nicht schwergefallen. Für Lengyel hatte er noch einmal Geld aufgenommen. Er hatte bar gezahlt, die Hälfte als Anzahlung, die Hälfte bei Abgabe der Arbeit. Es gab nichts Schriftliches zwischen ihnen.

Jetzt sind wir quitt, hatte Lengyel gesagt und ihm die Hand zum Abschied geschüttelt.

Das alles erinnerte Lengyel jetzt, dreißig Jahre später.

Und jetzt bist du, was sehe ich, sagte Lengyel lachend, wohl weil er schon zu viel getrunken hatte, was du alles bist, Dozent an der Uni, Gastprofessor weiß ich wo, Bundesrat, schau an, und eine brave Frau, das ist doch das Mädel, das damals zu mir gekommen ist, sagte Lengyel und deutete auf die Fotos, die über der Treppe zum Obergeschoß hingen, und zwei Töchter, fesch, sag bloß, ihr seid schon Großeltern, sagte Lengyel, als er die Aufnahme sah: Hieger mit dem zweijährigen David beim Spielen am Wasser, sag, du hast nicht eine Kleinigkeit in deinem Kühlschrank, eine Unterlage wäre wirklich nicht schlecht, sagte Lengyel, der jetzt mit deutlich hörbarem Zungenschlag sprach.

Im Kühlschrank fand sich kalter Leberkäse und Paprika, damit gab Lengyel sich zufrieden.

Dreißig Jahre, dröhnte Lengyel, verstehst du, vor dreißig Jahren warst du am Sand und ich habe dir geholfen, und dreißig Jahre später sehen wir uns wieder, purer Zufall war das, schrie Lengyel, ich war ja unterwegs in die Gegenrichtung, das war ein Wink, verstehst du, und dreißig Jahre später geht's mir dreckig, mir geht's wirklich scheiße, sagte Lengyel und Hieger bemerkte, dass sich Lengyels Augen gerötet hatten, meine Australierin hat mich rausgekickt aus allem, aus allen Geschäften, verstehst du, ich möchte dich nicht mit den Einzelheiten langweilen, ich bin hier, weil ich mit dem Abenteuer da unten fertig bin, aus, Ende, ich fange neu an hier, in meiner alten Heimat, aber meine alte Heimat hat mich scheint's vergessen, meine Eltern sind tot, meine Schwester ist nach Spanien verzogen, die will nichts mehr von mir wissen, und ich treffe dich, und ich erinnere mich, Hieger – wie Lengyel das Wort *Hieger*, es war sein Name! – in die Länge zog, *Hiieger,* da war was, sagte Lengyel. Und ob du es glaubst oder nicht, sagte er, irgendwo in Österreich liegt eine Kiste mit dem Zeugs von damals mit all den Unterlagen und meinen Texten, *meinen Texten,* Hieger, dozierte Lengyel, und der Lengyel braucht Hilfe und denkt, du könntest doch den Hieger um Hilfe bitten, wie der dich damals um Hilfe gebeten hat, der Hieger ist doch ein gemachter Mann, und jetzt braucht der Lengyel Hilfe und dann sind wir quitt.

Die Zeiten sind unruhig, Hieger, in Deutschland tritt ein Minister zurück, weil seine Doktorarbeit ein

Plagiat ist, und auch in Salzburg sitzt ein Plagiatsjäger, ein Blutsauger, sagte Lengyel, und ich an deiner Stelle würde nichts riskieren, aber bevor wir die Sache zerreden, muss ich doch fragen, wo es hier auf die Toilette geht.

Und er wankte aufs Klo, wo er möglicherweise die verschiedenen Plaketten und Urkunden betrachtete, die Hieger in den letzten Jahren bei seinen Segelregatten gewonnen hatte.

Danach eskalierte die Situation. Lengyel forderte eine unverschämt hohe Summe für irgendwelche Papiere, die angeblich beweisen sollten, dass er, Lengyel, damals die Doktorarbeit geschrieben hatte.

Dann schrie auch Hieger. Dass er sich hier auf keine Diskussion einlasse und Lengyel auf der Stelle auffordere, zu gehen. Hiegers Stimme klang – auch für ihn selber – plötzlich so hoch und dünn wie die eines Tenors, war ein Stimmchen, ein laues Lüftchen, ein Hauch. Lengyel weigerte sich zu gehen. Wir haben nichts mehr zu bereden, fistelte Hieger, und wenn du nicht sofort mein Haus verlässt, kann ich auch die Polizei rufen. Das ist eine gute Idee, schrie Lengyel, die Polizei können wir jetzt gut brauchen. Er war in der Zwischenzeit so betrunken, dass er schwankte. Draußen schüttete es, es war bereits dunkel, Hieger überlegte kurz, ob er Lengyel einen Schirm leihen sollte. Lengyel hatte nicht darum gebeten.

Hieger drängte Lengyel zur Tür hinaus, hinaus vors

Gartentor, Lengyel schien die Orientierung verloren zu haben. Da vorn ist die Straße, dann links und immer geradeaus, da steht dein Wagen, sagte Hieger.

Wir sehen uns noch, sagte Lengyel. Sie gaben einander nicht die Hand.

Lengyel verschwand in der Dunkelheit. Zu Fuß würde er vielleicht zehn Minuten bis zum Parkplatz brauchen.

Der Einfall kam spontan, aber so heftig, als hätte er sich längst entschieden gehabt.

Hieger ging in die Garage und stieg in den Kleinwagen seiner Frau, mit dem er anderntags zum Flughafen nach Salzburg fahren wollte.

Die Straße war nass, pechschwarz, die Straßenlaternen standen zu weit auseinander, um genug Licht zu geben. Im Haus des Nachbarn, eines Wiener Verlegers, waren die Fenster dunkel; der nutzte das Haus auch nur im Sommer. Vorne am Campingplatz: keine Menschenseele.

Dann sah er Lengyel. Der hatte sich zum Schutz vor dem Regen die Jacke über den Kopf gezogen. Eine vogelhafte Erscheinung ohne Kopf, die Hände standen wie Flügel von seinem Körper ab. Lengyel schwankte von einer Straßenseite auf die andere. Hieger hatte gut daran getan, nach zwei Gläsern mit dem Trinken aufzuhören. Er hatte die Scheinwerfer erst gar nicht eingeschaltet und trat aufs Gaspedal.

Der Regen fetzte gegen die Windschutzscheibe, der Wind war stärker geworden. Lengyel konnte ihn nicht kommen hören und hatte keine Gelegenheit auszuweichen, es ging zu schnell. Hieger hörte einen dumpfen Aufprall vor seinem Wagen. Er stieg auf die Bremse. Lengyel lag rechts zwischen dem Wagen und einer Hecke, die die Straße entlangführte.

Lengyel lag bewegungslos auf dem Boden. Seine Arme steckten über seinem Kopf in der Kapuze. Hieger sprach ihn an. Lengyel rührte sich nicht. Hieger musste alle Kraft zusammennehmen. Er öffnete die Beifahrertür und hievte Lengyels Körper mit Anstrengung ins Auto. Lengyels Kopf fiel zur Seite. Aus einem Mundwinkel floss ein dünner Strahl Blut, das war alles.

Alles, was Hieger tat, wirkte wie geübt. Er fuhr zurück zum Haus, schloss das Garagentor hinter sich. Noch einmal sprach er Lengyel an. Lengyel blieb bei sich. Hatte sich entfernt. Sein freches Maul blieb stumm.

In der Tasche seiner Jacke fand Hieger den Schlüssel für das Mietauto.

Er zerrte den Körper in eine Schubkarre und fuhr damit über den gefliesten Weg bis zum See, bis zum Boot. Er steckte Lengyels Körper in einen großen Müllsack und rollte ihn ins Boot. Hieger ging zurück ins Haus und holte ein paar Steinfliesen aus dem Keller, die der Steinmetz nicht mehr gebraucht hatte, als er im Sommer den Weg zum See gelegt hatte.

Dreimal ging Hieger vom Keller zum Boot und legte die Steine zu Lengyel in den Müllsack. Er klebte den Müllsack zu. Dann ruderte er mit dem reglosen Körper auf den See hinaus. Der See war dunkel. Rau. Die Wellen schwappten an den Bootsrand. Nur die Geräusche von Wind und Regen waren zu hören. Gurgelnde Wellen. Schwarzes Wasser, das ans Boot klatschte. Das Eintauchen der Ruder ins Wasser.

Hier fiel der See steil ab, die Ufer des Attersees sind steil. Hieger musste nicht weiter hinausrudern. Er legte sich fast flach ins Boot, weil er wusste, dass es möglicherweise ins Schaukeln geriet, wenn er den Müllsack in den See kippte. Das Boot schnellte einen Moment hoch, als Hieger den Sack aus dem Boot drehte. Er ging sofort unter.

Hieger ruderte zum Grundstück zurück. Er war bis auf die Haut durchnässt.

Er säuberte das Auto seiner Frau. Er duschte und zog sich um. Er trank Wasser direkt aus der Leitung. Er wusch das Geschirr ab und stellte die sauberen Gläser in den Schrank, er schüttete die Reste des Knabbergebäcks in den Müll. Gegen zehn Uhr verließ er das Haus, löschte das Licht, verschloss die Tür.

Zu Fuß ging er zum Parkplatz beim Campingplatz, wo Lengyels Corsa stand. Es war noch genügend Benzin im Tank. In Mondsee zog Hieger Bargeld aus einem Bankomaten.

Die Fahrt nach Genf würde gut neun Stunden betragen, wenn er eine kurze Pause einrechnete.

Nach vier Stunden erreichte er Dornbirn, wo er tankte und bar zahlte, eine knappe halbe Stunde später St. Gallen, nach sechseinhalb Stunden fuhr er an Bern vorbei.

Hieger hörte das Nachtprogramm des deutschen Radios, Musik von Mozart, Schumann, Bach und Bruckner, aber auch von Komponisten, deren Namen er noch nie gehört hatte: Rolla, Stölzel, Bottesini, Punto. Man lernt nie aus. Hieger konzentrierte sich, wach zu bleiben. Die Musik half ihm dabei, nicht einzuschlafen. Er durfte nicht auffallen. Er durfte nicht unbedacht in eine Polizeikontrolle tappen.

In Genf suchte er die Autobahn Richtung Flughafen. Am Flughafen fuhr er vorbei Richtung europäisches Forschungszentrum CERN, das er einmal bei einer Exkursion besucht hatte. In der Nähe des CERN überquerte er die schweizerisch-französische Grenze. Die Stadt, besser das Städtchen gleich nach der Grenze heißt Saint-Genis-Pouilly.

Es war halb acht Uhr am Vormittag. Der Himmel war verhangen, es hatte zu regnen aufgehört, aber auch hier waren die Straßen noch feucht. Schüler mit hochgeklappten Kapuzen querten die Zebrastreifen.

Am Rand eines großen Parkplatzes in der Nähe eines Supermarkts ließ Hieger den Wagen stehen.

Während der Fahrt hatte er Handschuhe getragen. Er machte die Stellen, die er möglicherweise berührt hatte, mit einem Reinigungstuch sauber. Die Handschuhe warf er in einen Abfalleimer.

Mit dem Linienbus fuhr er über die Grenze in die Schweiz zurück. Beim CERN nahm er ein Taxi zum Flughafen. Am Flughafen stieg er aus, ging zur Ausgangshalle und nahm dort ein Taxi Richtung Stadt. Vorher warf er den Schlüssel des Corsa in den Müll. Der Kongress würde um zehn Uhr beginnen. In der Aktentasche hatte er seinen Vortrag und einen Stick mit einer Powerpoint-Präsentation der Kernaussagen seines Referates.

Bei den ersten Vorträgen war er mehrmals knapp daran, einzunicken. In der Pause trank er schwarzen Kaffee mit Zucker.

Kriege sind immer eine Niederlage, sagte jemand neben ihm. Aber dieser war besonders elend. Über Nacht war Krieg und plötzlich waren alle darin verwickelt.

Und keiner konnte die Folgen abschätzen, sagte ein anderer.

Ivan Ivanji

LEICHEN IM GARTEN
DES GENERALS

Kurz vor Mitternacht rast ein Jeep ungebändigt eine Straße in Belgrad bergab. Misch hat die Kontrolle verloren, die Kupplung ist zu hart, die Gänge sind schwer zu schalten, die Straßenbeleuchtung ist schlecht, Baumschattengitter liegen über der Fahrbahn. Die Ampel ist rot, der Fuß rutscht vom schmalen Bremspedal. Der Wagen kracht gegen einen Baum. Misch bleibt unverletzt, aber zehn Meter vor dem Wagen liegt ein Mädchen auf der Fahrbahn.

»Der Führerschein ist erst ein halbes Jahr alt«, stellt der Polizist fest. »Dieses amtliche Kennzeichen gilt längst nicht mehr. Wem gehört das Fahrzeug?«

»Meinem Großvater. Es ist eine Kriegstrophäe …«
Die Verletzte wird in einen Krankenwagen gehoben.
»Wird sie überleben?«

»Wissen wir noch nicht.«

Ein altmodischer Colt mit Holzgriff liegt auf dem Beifahrersitz.

»Die Waffe ist warm. Hast du damit geschossen?«

Der Polizist legt dem jungen Mann Handschellen an.

Der Alkoholtest im Polizeirevier bleibt überraschenderweise negativ.

»Du bist verhaftet. Fahrt mit einem unangemeldetem Fahrzeug, Verkehrsunfall mit schwerer Körperverletzung, Führen einer Feuerwaffe ohne Waffenschein. Falls das Mädchen stirbt oder wir nachweisen können, dass du mit dem Revolver eine Straftat begangen hast, wird die Anklage erweitert. Wo hast du das Ding her?«

»Von meinem Opa … meinem verstorbenem Großvater …«

»Auch eine Kriegstrophäe? Oder war der ein Cowboy?«

»Ja. Nein. Ich meine, eine Trophäe ja, aber natürlich war er kein Cowboy …«

»Was zum Teufel war er?«

»Generaloberst.«

»Warum haben wir nicht denselben Nachnamen wie Großvater, Mama?« Misch stellte die Frage zum ersten Mal, als er in die Schule kam. Mutter und Sohn bewohnten je zwei Zimmer im ersten Stock, im Erdgeschoß waren Schlaf- und Arbeitszimmer des Generals, Speisezimmer, Küche und die Kammer der Haushälterin. Zwei Badezimmer und eine Gästetoilette. Mischs bester Freund, Bata, wohnte mit seinen Eltern und drei Schwestern in zwei kleinen Zimmern im Souterrain eines Hochhauses, alle sechs drängten sich vor einem winzigen Badezimmer, dessen Klosett oft verstopft war. »Warum leben wir in so einem großen Haus?«

»Nach dem Krieg schlief ich in einer Kaserne, aber meinen Soldaten war es peinlich, in den Fluren ständig zu salutieren. Ich wollte nicht bei der Armee bleiben, aber man sagte, ich hätte meine Pflicht zu tun, und was die Villa angeht, das ist ein Beschluss des Zett Ka«, erzählte der Großvater.

»Was ist das?«

»Das ist wie das Amen in der Kirche!«, sagte Mutter ironisch.

Eine zarte Grasfläche umstand die Villa, links eine Rosenhecke, hinten ein Kirschbaum. Weiße Blütenpracht, ein leichter Honigduft. Am rechten Rand des Grundstücks sechs Birken.

Treff, der große deutsche Schäferhund, war ein Geschenk Titos. Alt und krank schleppte er sich nur noch mit Mühe in den Garten. Opa setzte sich zu ihm auf den Rasen. Danach erschien ein Major des militärischen Veterinärdiensts.

»Komm, Misch!, rief Opa. »Verabschiede dich von Treff!« Mithilfe seines Chauffeurs grub er dem Hund ein Grab unter dem Kirschbaum. »Du darfst auch einige Schaufeln Erde werfen, Junge!«

Als ein von den Kindern der Nachbarschaft geliebter Straßenköter überfahren wurde, erlaubte Opa, dass er neben Treff beigesetzt wurde. In den Villen des Belgrader Nobelviertels Dedinje gab es viele Kinder und Hunde und Katzen. Und so wurden noch einige Vierbeiner im Garten des Generals verscharrt.

Ein Bild mit Goldrahmen nahm den Ehrenplatz in Opas Arbeitszimmer ein. Oma, die im Krieg als Krankenschwester ihren zukünftigen Mann kennengelernt hatte, war nach der Geburt des Enkelsohns gestorben. In einem Panzerschrank Opas Dokumente, Erinnerungsstücke, aber interessanter als die goldene Zigarettendose und die Hemdknöpfe, die Partisanenmütze, die von einer Kugel durchlöchert war, die den Kopf verschont hatte, waren für den Jungen die Waffen, eine Vorderladepistole aus Montenegro mit Feuerstein, ein Colt mit schön geschnitztem Holzgriff, ein Geschenk der amerikanischen Nationalgarde, eine italienische Beretta, eine Steyrpistole mit Gravur, die Inschrift unlesbar, eine deutsche Walther, eine russische Makarov und eine serbische T-T.
    Der General holte ein Foto heraus. Zwei Männer in Partisanenuniform und ein hübsches Mädchen. Misch warf ein Blick auf das Porträt auf der Wand:
    »Großmutter? Und rechts, das bist du?«
    »Ja.«
    »Und der andere Mann?«
    »Ein Kriegskamerad. Ich habe seinen Namen ver-

gessen und ihn später aus den Augen verloren. Wahrscheinlich ist er gefallen. Ich glaube, er war Jude.«

Der Jeep, in dem der General im Oktober 1944 an der Spitze seiner Brigade in Belgrad eingetroffen war, stand immer noch in der Garage.

Rechtsanwalt Dr. Egidius Wachs, Wien Josefstadt, versucht seiner Mandantin, einer alten Freundin, die Lage möglichst kurz und übersichtlich zusammenzufassen.

»Es geht also um eine Villa in Belgrad, Pfauengasse 30, auf Serbisch Paunov sokak 30. Bisher wissen wir Folgendes, liebe Barbara: Ein junger jüdischer Geschäftsmann, Leon Papo, hat sie für sich bauen lassen und deshalb von deinem Großvater, Gott sei seiner Seele gnädig, seinerzeit Geld geborgt. Wir haben da ein Blatt Papier, eine Art Quittung, die das bestätigt, allerdings hat niemand sie beglaubigt. Damit kommen wir kaum durch. Berufen können wir uns auf das Erbrecht, dein Großvater und Papos Vater waren Halbbrüder und womöglich gibt es keinen anderen Berechtigten. Stimmt das bisher?«

Barbara bestätigte stumm.

»Nach dem Einmarsch der deutschen Truppen wurde Papos schwangere Frau ins sogenannte Judenlager Semlin verbracht und in einem Sonderwagen der SS vergast, Papo ist angeblich als Jude erschossen worden, dokumentiert ist das nicht. Das Haus übernahm ein Herr Rade – schwer aussprechbarer Nachname, bleiben wir bei Rade –, Textilfabrikant. Der stand der Besatzungsmacht nahe, lieferte an Wehrmacht und SS. Nach dem Einzug von Titos Truppen in Belgrad wurde er verhaftet. Logisch. Im Gefängnis ist er wegen Herzversagens verstorben. In die Villa zog ein Partisanengeneral ein. Wir haben da erstens einen Kaufvertrag, Herr Leon verkauft Herrn Rade Haus und Liegenschaft, aber als seine Adresse wird ein Lager angegeben. Wurde er zum Verkauf gezwungen? Hat man ihm die Freiheit versprochen? Hat er den Vertrag überhaupt eigenhändig unterzeichnet? Zweitens ist da ein Beschluss über die Verstaatlichung und die Zuweisung der Immobilie an den Partisanengeneral. Jahrzehnte später tritt ein serbisches Gesetz in Kraft, das es Mietern, staatlicher Wohnungen ermöglicht, diese zu erwerben. Unser General nutzt die Gelegenheit und kauft die Achtzimmervilla mit einer Grundfläche von dreihundertzwölf Quadratmetern, Garten und Doppelgarage für einen Pappenstiel, für zwanzigtausend Deutsche Mark – das war allerdings zur Zeit der größten Inflation in der Weltgeschichte. Als Erbe kommt sein Enkel Mihajlo, genannt Misch, infrage, weil seine Mutter, die einzige Tochter des Generals, bei einem Verkehrsunfall in Amerika ums Leben gekommen ist. Ja, ja, kompliziert, aber dafür gibt es Anwälte. Na ja, und du bist einzige Erbin deines Großvaters, der in Mauthausen umgebracht worden ist.«

103

Doktor Wachs atmet auf, bevor er fortfährt, vorsichtig die weitere Sachlage zu erklären.

»Es gibt allerdings weitere Komplikationen. Die serbische Regierung hat 2011 ein Gesetz über die Restituierung von nach dem 8. März 1945 verstaatlichtem Eigentum verabschiedet. Die Enkeltochter des Herrn Rade will nun das Haus zurück. Wir fechten die Rechtmäßigkeit des Kaufvertrags zwischen den Herren Leon und Rade an. Die Jüdische Gemeinde in Belgrad macht ihrerseits geltend, dass das genannte Gesetz die Rückgabe des vom kommunistischen Regime verstaatlichten Eigentums bestimmt, nicht aber des Eigentums, das unmittelbar nach dem Einmarsch der deutschen Truppen, also nach dem 15. April 1941, Juden geraubt wurde. Und du behauptest außerdem, dieser Papo habe eine Kiste mit Gold und anderen Wertgegenständen im Garten vergraben? Ist das eine Familienlegende oder hast du irgendwelche Beweise?«

Misch erklärt sich damit einverstanden, dass eine Hausdurchsuchung bei ihm sofort, schon in den frühen Morgenstunden, durchgeführt wird. Ohne seine Erlaubnis wäre ein Beschluss des Staatsanwalts erforderlich, der erst gegen Mittag ausgestellt werden könnte. Der Untersuchungsrichter fährt den alten Jeep, ihnen nach die Polizei.

»Du wohnst allein im Haus?«

»Jetzt ja. Früher Opa, Mama und die Haushälterin

… Dort steht ein Audi vor dem Haus …«, deutet der junge Mann aufgeregt. »Im Erdgeschoß brennt Licht, ich bin tagsüber weggegangen …«

Ein Polizist entsichert seine Pistole und deutet Misch an, ihm zu folgen. Als die drei schon im Vorzimmer sind, kracht ein Schuss, der Polizist erwidert das Feuer und brüllt:

»Verstärkung anfordern! Die Straße und den Audi vor dem Haus sichern!«

»Die kennen sich aus … Sie können durch die Hintertür und durch den Garten …«, sagte Misch.

Ein anderer Polizist schreit aus dem Garten:

»Kommen Sie schnell mal raus!«

Unter dem Kirschbaum liegen Bata, dem das halbe Gesicht weggeschossen wurde, und ein nacktes junges Mädchen mit am Rücken gefesselten Händen und einem blutigen Loch in der Stirn. Ihre Schamhaare sind so rot wie ihre Locken. Misch erinnert sich an Großvaters bleiches, wächsernes Gesicht, seinen Kopf, der aus der Uniform hervorragte, als wäre er geschrumpft, bevor man den Sargdeckel zuklopfte. Staatsbegräbnis, Trommelwirbel, Ehrensalut. Der Enkel musste die Orden auf einem blauen Samtkissen tragen. Aber dieser Tod hat ein anderes Antlitz. Misch erbricht sich und beginnt so stark zu zittern, dass ihn der Richter in die Arme nimmt und einen milderen Ton findet:

»Beruhige dich … Hast du sie gekannt?«

»Bata. Und Lilo!«

»Das wächst mir über den Kopf, das wächst mir endgültig über den Kopf!«, klagt Dr. Egidius Wachs.
»Also dieser junge Mann, Misch, der Generalsenkel,
der hat offensichtlich in einem Jeep aus der Kriegs-
zeit ein Mädchen überfahren. Auf dem Sitz seines
Fahrzeugs fand sich eine Pistole. Oder ein Revolver,
Colt, was weiß ich … Nein, nicht gerade rauchend,
aber warm. Der Junge wurde festgenommen, das
Haus in den frühen Morgenstunden durchsucht. Es
kam zu einer Schießerei … Im Garten fand man zwei
frische Leichen, einen Jugendfreund dieses Misch
und ein nacktes Mädchen, bekannte Drogendealer.
Kleine Fische. Dann wurde im Garten gegraben.
Unter dem Kirschbaum fand man kein Gold, dafür
Kadaver von Hunden und Katzen. Und Rauschgift.
Ja, selbstverständlich haben die Serben die amerika-
nische Drug Enforcement Administration, Interpol
und unser Bundeskriminalamt verständigt. Alle in-
teressieren sich jetzt für die Pfauengasse, wir müssen
abwarten. Von unserer Botschaft keinerlei Unterstützung, uns geht es um ein Privatverfahren, aber
das Strafrecht habe Vorrang! Wenn der Bursche das
Mädchen nicht überfahren hätte, hätte man die Dealer nicht in flagranti erwischt!«

Misch bleibt in Untersuchungshaft. Zur Anklage
wird der Verdacht auf Rauschgifthandel hinzugefügt.
Die ballistische Untersuchung ergibt, dass Bata im

Garten der Großvatervilla nicht mit dem alten Colt aus dem Jeep, sondern mit einer Neunmillimeterpistole erschossen wurde.

»Hast du von dem Zeug im Garten gewusst?«, fragt der Untersuchungsrichter.

»Nein. Ja. Nicht direkt … Mir ist wegen Treff zum Weinen zumute und nicht wegen Bata.«

»Wer ist Treff?«

»Der Hund meines Großvaters.« Er erzählt, wie die Tiere verscharrt wurden. Bata war damals sein bester Freund, Schulkamerad bis zur achten Klasse. Solange Fußball und andere Spiele lebenswichtig waren, fielen soziale Unterschiede nicht so auf. Im Gymnasium war Misch als Schüler mittelmäßig. Mutter und er lebten nebeneinander, kaum miteinander. Eines Tages stellte er wieder die Frage, die in so lange gequält hatte, wer sein Vater war, und erhielt endlich Antwort.

Nach dem Abschluss der Studien hatte die Generalstochter ein Stipendium der Humboldt-Stiftung für die Universität in Bonn erhalten. Eine fröhliche Schifffahrt am Rhein für Stipendiaten und Persönlichkeiten, die ihnen von Nutzen sein konnten, unter ihnen Mirko, ein Deutscher aufgrund seiner Staatsangehörigkeit, serbischer Herkunft, Handelsvertreter einer großen Firma für Zahnarztinstrumente.

»Mein Vater?«, fragte Misch.

»Ich war gerade einmal dreiundzwanzig …« Mutter zündete sich umständlich eine Zigarette nach der anderen an. »Das ist jetzt für mich ein schwieriges Gespräch mit meinem eigenen Sohn ...«

»Was ist das Problem?«, fragte Misch.

»Sein Vater war auch General...«

»Na und?«

»Königlicher General. Er war in Kriegsgefangenschaft geraten, nach dem Krieg in Braunschweig geblieben und hasste Tito und die Kommunisten.«

»Und was war so schrecklich daran?«, fragte der Untersuchungsrichter.

»Damals muss es für einen Tito-General unbegreiflich und entsetzlich gewesen sein ... Sie ist dann nach Hause gekommen und hat meinen Vater angeblich nie wiedergesehen.«

»Für diesen Misch, oder wie er heißt, haben sich Kriegskameraden seines Großvaters interessiert«, sagt der junge Gerichtspräsident. »Seine Behauptung, er habe mit seinen Freunden nur auf leere Bierdosen geschossen, hat sich als glaubwürdig erwiesen, die Dosen und Patronenhüllen wurden sichergestellt. Er scheint auch bewusst nichts mit dem Rauschgift zu tun zu haben. Dem Mädchen, das er angefahren hat, geht es gut, sie wird keinen Strafantrag stellen. Trennen Sie seinen Fall von dem weiteren Suchtgiftverfahren, klagen Sie ihn wegen des Verstoßes gegen das Waffengesetz und des Verkehrsunfalls an.«

»Aber mir ist noch nicht alles klar, ich möchte den

Fall nicht abschließen«, wehrt sich der zuständige Untersuchungsrichter.

Im Safe der Villa findet der Richter in einem alten Kuvert ein Blatt Papier mit einer kurzen Notiz: »B2–B4«

Eine Ortsangabe nach dem Prinzip des Schachbretts? Der Garten hinter der Villa in der Pfauengasse ist sechzehn Meter breit. Der Richter stellt sich vor, er sei ein Schachbrett mit je zwei Meter breiten Quadraten. Aber wo wäre A1? Links von der Haustür aus gesehen oder schräg gegenüber? Erst lässt er von links vier Meter zur Mitte hin und dann zwei und sechs Meter vorwärts graben. Nichts. Dann von der anderen Seite entsprechend. Am Ende der Arbeiten sieht der umwühlte Garten elend aus. Der Gerichtspräsident ärgert sich.

»Eine totale Blamage. Jetzt muss alles auf unsere Kosten wiederhergestellt werden, bevor der Angeklagte freigelassen wird und nach Hause kommen darf. Wir sollten die Kosten von Ihrem Gehalt abziehen, Kollege!«

Obwohl Großvater und Mutter nie besonderen Druck auf Misch ausgeübt hatten, ließ ihn ihr Schatten stets daran denken, dass er ihrem guten Ruf nicht schaden dürfe. Nach dem Tod des Generals und nachdem seine Mutter nach Amerika gefahren war, gut versorgt und allein in der Riesenvilla, fühlte er sich frei wie noch nie im Leben. Für Misch begann ein neuer, wilder Lebensabschnitt.

In Belgrad spricht sich alles schnell herum. Nicht nur Bata tauchte zufällig auf, sondern auch andere ehemalige Schulkameraden, Nachbarskinder, die Freunde und Freunde der Freunde und Mädchen. In der Villa konnte man Partys feiern, trinken und kiffen. Misch hatte etwas mehr Geld als die übrigen, aber es wurde schnell aufgebraucht.

»Wir verwahren etwas bei dir«, sagt Bata.

»Was?«

»Stell dich nicht blöd. In einer Generalsvilla wird man es ohnehin nicht suchen. Und du bist noch nie aufgefallen. Kriegst deinen Anteil …«

Dann wollten sie Auto fahren. Misch zeigte ihnen die Garage.

»Ein alter Jeep? Cool!«

Und sie fuhren in der Stadt herum. Lilo hat rote Haare.

»Sind die echt?«, fragte Misch.

»Wenn du brav bist, zeige ich es dir vielleicht …« Am nächsten Abend blieb sie bei ihm in der Villa. Und kurz danach schlug die Nachricht ein, seine Mutter sei in Amerika bei einem Autounfall ums Leben gekommen.

»Pechvogel!« Lilo umarmte ihn und flüsterte ihm ins Ohr. »Aber ich mache dich zum Glückspilz!«

Misch wolle sich in der neuen Gesellschaft behaupten und holte den alten Colt hervor. Belgrader Kleinkriminelle zogen andere Waffen vor.

»Lass uns schießen gehen!«, fordert Lilo.

An diesem folgenschweren Abend fuhren zwei Wagen in ein Wäldchen an der Belgrader Sternwarte. Man schoss auf Bierdosen. Danach wollte Misch beweisen, dass sein Jeep schneller war als der Audi der Kumpanen, mit denen auch Lilo fuhr.

Er wisse nicht, was er da noch machen könne, sagt Doktor Wachs zu Barbara. Sie haben sich im Café Hummel in der Josefstädter Straße getroffen. Der Rechtsanwalt bestellt zwei Sekt Orange.

»Vier Partcien fordern die Erbschaft, dieser junge Misch, die Erben der Familie des serbischen Kaufmanns, die behauptet, das Haus gehöre ihr aufgrund des serbischen Restitutionsgesetzes, die jüdische Gemeinde in Belgrad und wir.

Gesundheit, Barbara!« Doktor Wachs hebt sein Sektglas. »Wir stehen also drei Parteien gegenüber. Dass eine gütliche außergerichtliche Einigung möglich ist, scheint höchst unwahrscheinlich.«

Misch bekam ein mildes Urteil und saß drei Wochen ab. Der Untersuchungsrichter fuhr ihn nach Hause, betonte jedoch, das sei privat. Zwischen den beiden hatte sich eine Art Freundschaft entwickelt.

Der Boden im Garten war zwar geebnet, aber keine Spur von schönem Rasen, die Rosen waren ohnehin bereits verwelkt, bloß dem Kirschbaum und der Birkenreihe war nichts anzumerken.

»Wer hat Bata und Lilo ermordet?«, fragte Misch.

»Die waren nur kleine Dealer. Sie glaubten, sie könnten etwas auf eigene Faust drehen. Die großen Spieler haben herausbekommen, dass sie etwas bei dir vergraben haben und wollten an die Dinge herankommen. Wenn du den Unfall mit dem Jeep nicht gebaut hättest und nach Hause gekommen wärest, hätten sie dich höchst wahrscheinlich auch erschossen.«

Misch holte den Umschlag mit der Aufzeichnung »B2–B4« hervor.

»Mit dem Schach haben sie sich geirrt. Opas Handschrift ist das nicht. Ich glaube mit B zwei und B vier sind die zweite und die vierte Birke gemeint!«

»Das ist jetzt ganz privat!«, betonte der Untersuchungsrichter noch einmal. Sie begannen zu zweit zu graben, aber bald musste doch die Polizei gerufen werden, denn unter der zweiten Birke tauchte eine Kiste voll Gold und Juwelen auf. Bei der vierten fanden sie eine verweste Leiche.

Die Pathologie stellte fest, dass es sich um eine männliche Person handelte, ermordet durch einen Kopfschuss. Im Knopfloch der Jacke des Toten steckte ein Parteiabzeichen der NSDAP.

Im Hotel Metropol im Zentrum Belgrads checken zwei Amerikaner ein. Herr Leon Papo ist ein rüstiger alter Gentleman, im Weltkrieg war er jugoslawischer Partisanenoffizier, später ist er über Triest nach Amerika ausgewandert. Der jüngere Gast ist sein Sohn David.

Unterstützt von einem lokalen Rechtsanwalt gibt Leon Papo eine eidesstattliche Erklärung ab, wiederholt sie mit anderen Worten in der jüdischen Gemeinde und auf einer Medienkonferenz. Kurz nach dem Einmarsch der deutschen Truppen suchte ihn ein Mann vom Deutschen Kulturbund auf, drohte mit KZ und verlangte Haus und Garten. Papo erschoss ihn kurzerhand, verscharrte die Leiche unter einer Birke, Ersparnisse, die er auf der Flucht nicht mitnehmen konnte, unter einer anderen. Dann floh er als Erster, versprach, seine Frau bald abholen zu lassen, aber das gelang nicht mehr. Auf die Frage, wieso er eine Schusswaffe bei sich gehabt hatte, antwortete er achselzuckend:

»Ich trug schon tagelang eine Browning in der Hosentasche, fühlte mich so sicherer, komisch, nicht wahr?«

Die Tötung des Deutschen wurde als Selbstverteidigung anerkannt, seine Unterschrift auf dem Kaufvertrag mit dem serbischen Mitarbeiter der Besatzungsmacht als Fälschung annulliert, die zuständigen Behörden und Gerichte amtierten in diesem Fall schnell, er erhielt seinen Besitz zurück.

»In Belgrad sind ein Greis und sein Sohn aufgetaucht. Er behauptet, Leon Papo zu sein. Es ist aussichtslos, wir machen keinesfalls weiter«, sagt Doktor Egidius Wachs am Telefon. »Ich verrechne dir nichts, das geht à fonds perdu. Der junge Mann, dieser Misch, räumt das Haus, er hat die Trophäen des Generals dem Militärmuseum geschenkt und nur den alten Revolver, den ihm die Polizei wieder ausgehändigt hat, als Andenken an seinen Großvater behalten. Die Erben des serbischen Kaufmanns gehen natürlich leer aus, weil der Kaufvertrag gefälscht war. Liegenschaft und Goldkoffer erbt der rüstige Amerikaner. Den Provokateur, der dort unter der Birke begraben wurde, will er aus Notwehr erschossen haben. Man nimmt ihm das ab. Die jüdische Gemeinde in Belgrad hofft, dass Papo ihr die Liegenschaft schenkt. Uns bliebe nur die Möglichkeit, mit Herrn Papo selbst Kontakt aufzunehmen unter Berufung auf die unbeglaubigte Quittung, falls du das wünschst, liebe Barbara …«

Leon Papo fragt Misch, ob sein Großvater viel in die Renovierung der Villa investiert habe, er wolle es gerne ersetzen. Misch öffnet den Panzerschrank in Anwesenheit des rechtmäßigen Hausbesitzers und holt alles heraus.

»Mein Großvater«, zeigt Misch auf ein Foto. Der alte Herr zuckt zusammen und erstarrt. Dann schweigt er so lange, dass Misch erschrickt.

»Was haben Sie? Soll ich die Rettung anrufen?«

»Nein!«, sagt der Greis, der sich endlich beruhigt hat. »Das da bin ich auf dem Foto! Herrgott! Luka hat in meinem Haus gewohnt!«

»Luka?«

»Dein Großvater hieß doch Luka?«

»Ja. Aber wir haben ihn stets nur General genannt.«

»Junge, der da rechts bin ich, das Foto während des Krieges wurde im improvisierten Feldlazarett aufgenommen. In deine Großmutter war ich auch ein bisschen verliebt …«

Sie gehen in den Garten.

»Wir haben im Garten tote Hunde und Katzen begraben«, sagt Misch. »Hätten wir es unter den Birken getan, wären wir auf ihren Goldschatz oder den toten Deutschen gestoßen.«

»Den Kirschbaum habe ich eigenhändig gepflanzt«, sagt der alte Jude. »Ich wusste gar nicht, ob ich es richtig mache.«

»Sie haben es richtig gemacht, ich habe die Kirschen gegessen«, sagt Misch.

Germán Kratochwil

STRANDGUT

Ich kann nicht einfach auf die Geschichte von Alfredo Spiel kommen (»Es-piél«, wie er seinen Nachnamen ausspricht), ohne die Begegnungen zu erwähnen, denen ich sie verdanke.

Frühmorgens steppe ich fast täglich gegen halb acht die Granitstufen von der Rambla zum Strand hinunter; um diese Zeit ist es das ganze Jahr über schon hell genug, um mir dabei nicht das Genick zu brechen. Im Winter bemerke ich den Sonnenaufgang als eine Lichtflut, die sich hinter der Gebäudefront um die Bucht herum staut; im Sommer hat die Sonne schon die zehnstöckigen Apartmenthäuser überschritten und leuchtet über dem Meer; ist es bedeckt, errate ich den Sonnenstand an einem hellen Feld in den Wolken. Ich gehe vor bis zum harten Sand, den die zurücklaufenden Wellen glätten, und beginne meinen täglichen Trott: südwärts den weiten Bogen von Pocitos bis zu den ersten Felsen der Landzunge, die den Blick auf den Hafen verwehren, und wieder zurück. Das schaffe ich in etwa vierzig Minuten; den Heimweg dazugerechnet komme ich auf fünfzig: das tägliche Pensum, das Dr. Stanham mir immer empfiehlt, wenn mein Gewicht und mein Cholesterinspiegel sich wieder einmal der kritischen Grenze nähern. Mit Anfang sechzig müsse jeder, wenn es so weit kommt, etwas Motorik entwickeln; die Bedingungen dazu seien hier, in Montevideo, doch geradezu ideal.

Der Kardiologe im Britischen Hospital, das die meisten in Uruguay postierten internationalen Experten betreut, verstand es, seinen mit Understatement vorgebrachten Empfehlungen einen kühl warnenden Ton zu unterlegen, in dem durchaus auch die Möglichkeit des Todes anklang. Aber das liegt nun über ein Jahr zurück und ich befolge eifrig seinen Rat. Außerdem erweckt der Strand in seiner Eintönigkeit bei einem wie mir, der aus der Bergwelt stammt, eine vage Anziehungskraft, eine Erwartung – ich könnte nicht sagen, worauf, aber auf ein Ereignis allemal; es musste ja nicht gleich eine Nixe sein, die aus dem schlappen Wellengang auftaucht.

Die Wasserfläche bietet, je nach Wind und Strömung, allenfalls etwas farbliche Abwechslung. Mal herrscht der lehmige Río de la Plata vor, der aus einem halben Kontinent Wasser herunterführt, mal drängt ihn der blaugrüne Südatlantik lässig zurück. Das flache Ufer sinkt sanft unter die seichten Fluten, und nur bei starken Böen kommt es zur Andeutung einer Brandung. Am Horizont meine ich immer dieselben rotbraunen, hoch beladenen Containerschiffe zu sehen; etwas näher ziehen schmutzig gelbe Fangschiffe vorüber, in der Regel koreanisch beflaggt.

Immerhin, als frühmorgendlicher Jogger begegnet mir das angeschwemmte Strandgut der Nacht: Holzstücke, Plastikflaschen, Becher und Beutel, Papier, Kondome; an manchen Tagen viele tote Fische, an denen kreischende Möwen herumhacken. Einige Gegenstände geben Rätsel auf: bunte Wachskerzen, ein Kranz künstlicher Blumen, ein verklebtes Buch, ein rosiger Puppenkopf …

Die eigene Routine verknüpft sich alsbald mit der Routine anderer. Da stapft mir meist ein kleiner, schmächtiger Mann, in weiten Bermudas, barfuß und mit zerzauster weißer Mähne, durch den feuchten Sand voraus. Er geht nahe am Wasser, den Kopf über eine kalte Pfeife gebeugt, die wie angewachsen in seinem Mund steckt. Manchmal bleibt er stehen, bückt sich und scheint etwas zu betrachten. Anfangs trabte ich an ihm vorbei, gleichsam auf einer anderen Geschwindigkeitsbahn, aber als mich dann für eine Zeit die Schmerzen im linken Knie zu einer gemesseneren Gangart zwangen, kreuzten wir einander im Schritttempo. Bald nickten wir uns auch zu.

Es geschah an einem schwülen Morgen im Hochsommer. Schon als ich über die Rambla dem Strand zustrebte, stieg mir der Gestank verwesender Fische in die Nase. Der kleine Pfeifenraucher vor mir hielt sich, den Kopf schüttelnd, demonstrativ die Nase zu. Da er dabei stehen blieb, musste auch ich anhalten.

»Guten Morgen«, grüßten wir einander zum ersten Mal. Er nahm die kalte Pfeife aus dem Mund.

»Das ist ein Verbrechen … diese Gangsterbande!« Dabei deutete er mit der Pfeife zu den koreanischen Fangbooten hinaus. »Die werfen die Fische, die sie nicht brauchen, einfach wieder ins Wasser. Zuerst wildern sie bei uns, dann verpesten sie unsere Umwelt – diese Verbrecherbande!«

Aus der Nähe fiel mir seine gebräunte, faltenreiche, ja runzelige Physiognomie auf: Ein schon sehr alter Strandbummler, der mich mit wässrigen hellblauen Augen musterte. »Sie sind ja auch jeden Morgen hier. Haben Sie gesehen, was da alles angeschwemmt wird?«

»Ja, leider«, erwiderte ich, und da ich in ihm schon einen Fachmann für Strandgut vermutete, fügte ich hinzu: »Und manches gibt mir Rätsel auf, zum Beispiel: Wie kommt es immer wieder zu diesen vielen bunten Kerzenstummeln?«

»Ganz einfach: vom Kult der Meeresgöttin. An bestimmten Tagen werden um Mitternacht kleine Boote oder Flöße mit brennenden Kerzen, mit Blumen, Bittbriefen und gereimten Huldigungen ins Wasser gesetzt. Man versucht, das alles ins Meer zu treiben, mit Anfeuerung durch Singen und Tanzen, Saufen und Fixen.«

»Yemanjá-Kult oder so?«, fragte ich.

119

»Ja, ja, unser Strand ist voll Geschichten und Ge-
heimnissen – Alfredo Es-piél«, stellte er sich unvermittelt vor, und während auch ich ihm meinen Namen nannte, gaben wir uns die Hand.

Er vermutete in mir sogleich einen Deutschen oder
Österreicher oder Schweizer, doch ohne eine Bestä-
tigung von mir abzuwarten setzte er hinzu, dass er
gewissermaßen auch von »drüben« stamme: Seine Eltern hätten ihn, bevor sie 1938 aus Wien emigrieren
mussten, bereits dort »biologisch zusammengesetzt«.
Sein Vater aber habe in Montevideo Selbstmord begangen und das Leben seiner Mutter ruiniert. Trotzdem, er habe das alles innerlich »verarbeitet«, er sei
rundum Uruguayer, keine Spur von Emigrant, unver-
heiratet, pensionierter Kriminalbeamter und spreche
kaum ein paar Worte Deutsch.

Allzu lange schon hatten wir das stillschweigende
Übereinkommen gebrochen, wonach man weder
beim Joggen noch beim Powerwalk jemanden für
einen Gruß oder gar zu einem Gespräch anhalten
dürfe. »Los, weiter!«, befahl Alfredo also – energisch
und auf Deutsch – und wir setzten unseren Weg fort,
jeder in seiner Richtung.

Es traf sich gut, dass ich schon am Tag nach dieser Begegnung auf Dienstreise musste und erst eine
Woche später meine tägliche Routine in Pocitos wie-
deraufnehmen konnte. Das erste Gespräch schien fast
vergessen: Wenn wir aneinander vorbeikamen, hob

Alfredo nur die Hand am schlenkernden Arm und ich nickte ihm zu. Aber eines Tages, es war der 24. Dezember, hüpfte er unsicher auf einem seiner dünnen Beine, kniete dann nieder und beugte sich über eine Fußsohle, anscheinend verletzt. Da konnte ich nicht einfach vorbeiziehen, also hielt ich an und trat auf ihn zu.

»Nicht schlimm«, rief er zu mir herauf, »lassen Sie sich nicht unterbrechen! Ein verdammter Fixer war wieder einmal schlampig – und ich bin prompt auf die Stecknadel im Heuhaufen getreten.« Aber er stand so wacklig auf, dass ich mich veranlasst sah, ihm zu helfen. »Danke … Und da wir schon hier so stehen, will ich Ihnen etwas zeigen. Sie haben ja Interesse an dem Zeug, das hier angeschwemmt wird.«

Er kramte in der ausgebeulten Seitentasche seiner Bermudas und brachte einen flachen Stein zum Vorschein.

»Ein Stück Majolika, hab es hier gefunden. Es stammt noch aus der Kolonialzeit.« Da er den verständnislosen Blick erriet, den ich auf die dunkelblaue Arabeskenglasur seiner Scherbe warf, fügte er hinzu: »In der Altstadt sehen Sie noch manche Fensterbänke, ja sogar ganze Hausfronten aus dem neunzehnten Jahrhundert, die mit diesen portugiesischen Kacheln – Azulejos – verkleidet sind. Bei der spärlichen Besiedlung damals wären all die Schiffe aus England, Portugal, Spanien, Frankreich fast leer zu uns gekommen, die große Fracht nahmen sie ja erst hier auf; also führten sie, gewissermaßen als Ballast, Eichenholz, Ziegel, Eisenplatten, Majolika mit; später waren es Auswanderer.« Er kicherte über seinen Einfall, die Migration als gewöhnlichen Schiffsballast zu bezeichnen. »Manch ein Segler oder Dampfer ist dort draußen gegen die unsichtbaren Klippen gefahren, auseinandergebrochen oder abgesoffen. Allerhand Fracht wurde angeschwemmt oder geborgen.«

Jetzt betrachtete ich natürlich das Fragment auf seiner vorgestreckten Hand aufmerksamer. Mein Fachmann fuhr fort: »Aus diesen azuren Kringeln allein können Sie das ganze Muster auf der Kachel erraten.« Nachdenklich fügte er hinzu: »Wie den Sinn eines Textes, von dem wir nur ein paar Worte erfahren.«

Da mir dazu nichts einfiel, versuchte ich eine interessierte Miene aufzusetzen; eine Bemerkung wie »interessant« hätte blöd geklungen, obwohl sie hier durchaus zutraf. »Wie steht es um Ihren Fuß?«

Er winkte ab, steckte die Scherbe wieder ein und meinte, da wir nun einmal unsere Tour unterbrochen hätten, würde er es wagen, mir einen Vorschlag zu machen. Längst schon wolle er mir etwas anvertrauen; dazu brauche es nur ein ganz klein wenig Zeit, und ob wir nicht schnell einen Kaffee auf der Rambla einnehmen könnten. Ich war überrascht, auch etwas neugierig, schielte auf meine Uhr und stimmte zu. Das mit dem Blick auf die Uhr war natürlich nur mein Tick, denn was hätten wir beide

»Alleinstehende« an einem vorweihnachtlichen Dezembertag schon Dringlicheres zu tun gehabt?

Vor der Imbissbude auf dem breiten Trottoir hob der Betreiber gerade die mit Graffiti übersprühten Fensterläden aus ihren Halterungen. Geruch von Bratfett und Rauch vom kalten Grilleisen drangen aus dem Inneren. Die Kaffeemaschine war noch nicht angeworfen, also bestellten wir Pomelo Salus und setzten uns an einen runden Blechtisch. Zuerst nippten wir an dem mit Mineralwasser verdünnten Grapefruitsaft und schauten auf unsere Arena hinaus. Eben verließ ein gelber Fischkutter mit riesigen Rostflecken den Hafen hinter der Landzunge und suchte die golden flimmernde Weite.

»Diese Verbrecher, diese Gangsterbande«, wiederholte sich Alfredo, als unsere Blicke dem Schiff folgten.

»Wie meinen Sie das, Alfredo?«, hakte ich nach. Er schaute mich überrascht an. Genau darüber wolle er ja mit mir sprechen, aber: »Kennen wir uns denn?« Ja doch, wir hätten einander schon bekannt gemacht, vor ein paar Wochen, erinnerte ich ihn und nannte meinen Namen. »Ach ja, aus Deutschland oder Österreich oder der Schweiz« erriet er, nannte sich wieder »Alfredo Es-piél« und fügte die Pointe über seine »biologische Zusammensetzung« in Wien hinzu – gefolgt vom tragischen Schicksal der Eltern, seiner innerlichen »Verarbeitung« desselben, der beruflichen

Laufbahn und dem jetzigen Ruhestand. Aber zum Zeitpunkt seines Falles, auf den er gleich kommen werde, hätten ihm bei der Polizei noch drei Jahre bis zur Pensionsreife gefehlt. Damals schon sei er zum Nachsinnen, Deuten, Kombinieren jeden Morgen hier am Strand entlanggewandert. Und das habe ihn auch, rein zufällig, auf die Spur eines Verbrechens geführt, von dem er mir erzählen wolle. Er wisse nicht, ob er es je ganz aufklären werde, aber er wolle mich, einen internationalen Experten, ins Vertrauen ziehen und um Rat bitten. »Haben Sie zufällig den Film ›Blow Up‹ von Michelangelo Antonioni gesehen?«

»Aber ja«, erwiderte ich leicht befremdet. »Hat der mit Ihrem Fall zu tun?«

»Jedes große Kunstwerk hat einen Angelpunkt, ein spezifisches Merkmal in seinem Innersten von universeller, ja archetypischer Bedeutung. Das Gleiche kann aber auch für andere Geschehen und Ereignisse gelten, zum Beispiel für einen Kriminalfall.«

Ich horchte auf, wie kam er nur zu dieser intellektuellen Geschraubtheit? Er aber grub schon wieder in seinen Seitentaschen, legte das Majolika-Fragment mit Nachdruck neben sein Glas, zog dann auch einen Tabakbeutel hervor und begann, mit Zeigefinger und Daumen die Pfeife zu stopfen. Im Heim (ich horchte auf) dürfe er nicht rauchen, verriet er verschmitzt, am Strand selbst tue er es nie, aber wie jeder zünftige Uruguayer, ergänzte er grinsend, müsse auch er ständig zuzeln. Dem Ausländer gegenüber mit ironisierendem Lokalstolz, erwähnte er den hiesigen Brauch, stets mit einer Thermosflasche unter dem Arm und einem mit Matetee gefüllten kleinen Kürbisnapf herumzulaufen, immer wieder heißes Wasser nachgießend und aus einem Röhrchen den Sud aufsaugend – wobei die Meisterschaft darin besteht, sich nicht die Lippen zu verbrennen. Vor uns am Strand begannen ein paar Buben, Fußball zu spielen. Alfredo kam zur Sache.

Nicht anders als heutzutage habe man »zu meiner Zeit« alljährlich an der Küste zwei oder drei Leichen von jungen Frauen gefunden, meistens im nahen Hinterland (also im Gebüsch, hinter Dünen, in Brunnenschächten und Sümpfen), manchmal aber auch am Strand selbst. Es war fast immer Mord in Tateinheit mit Vergewaltigung. In ganz Lateinamerika herrsche, wie man ja wisse, Gewalttätigkeit gegen Frauen, ein aus der Kolonialzeit geerbtes Macho-Inferno. Und das sei heute verflochten mit Menschenhandel, Zuhälterei, Rauschgiftbanden. Zur Aufklärung komme es nur in wenigen Fällen; wo Gewalt, Geldgier und Terror herrschten, sei auch die Polizei ziemlich machtlos, oft korrupt. »Denken Sie an Palermo und Neapel. Das ist wie Mafia und Camorra, aber flächendeckend, kontinental.«

Alfredo Spiel versuchte, mit Streichhölzern seine Pfeife anzuzünden, jedes Mal jedoch löschte ein

Lufthauch vom Meer die kleine Flamme, ehe sie den Tabak erreichte.

»Mitte '99 fand ich eines Morgens – dort, dicht am Wasser – einen Zelluloidstreifen; Schmalfilm, Super 8, knapp einen Meter lang. Gewaschen und geföhnt zeigte er unter der Lupe eine von der Brust aufwärts gefilmte Frau. Aber das letzte Bild endete am Hals; Zufall oder Absicht – kein Kopf, kein Gesicht. Auf der Haut konnte ich keine besonderen Merkmale bemerken, keine Narbe, kein Muttermal. Als ich aber in unserem Labor den Streifen genauer untersuchte, entdeckte ich am oberen Rand des Halses, dort, wo der Film, wahrscheinlich bei einer Vorführung, gerissen war, in der grobkörnigen Vergrößerung einen dunklen Kringel, einen kleinen, nach oben weisenden Haken. Ohne Überlegung, einfach »inspiriert« möchte ich sagen, ließ ich mir die Unterlagen der letzten sieben oder acht unaufgeklärten Frauenmorde mit Bildmaterial und Obduktionsprotokollen bringen – keine leichte Kost, so auf einen Schub. Und da geschah das Wunder, das wir Ungläubige »Zufall« nennen: Eine der jungen Toten hatte ein Tattoo unter dem Kinn, ein Sonnenrad, eine Art Swastika, und ob Sie es mir glauben oder nicht, der untere Rand dieses Zeichens passte haargenau zu dem gerundeten Haken auf meinem Film! Der Torso fand sozusagen seinen Kopf wieder. Dieses schöne und zugleich erschreckende Gesicht, ein Auge halb geöffnet, die Lippen geschwollen und verzerrt, und die sanften Bögen über den hohen Wangenknochen, die mit dem Halsansatz und den runden Schultern harmonierten – mir sind die Tränen gekommen. Ich hatte das Gefühl, eine Art Auferstehung mitzuerleben.«

Alfredo machte eine Pause, musste sich seiner Pfeife widmen. Vorhin war es ihm endlich gelungen, den Tabak anzuzünden, aber in seiner Erregtheit drohte er wieder zu verlöschen; er belebte die Glut durch heftiges Saugen. Dann nahm er die Scherbe mit der kobaltblauen Arabeske zwischen die Finger und hielt sie sich an den Kehlkopf. »So – sehen Sie? Erraten Sie es? Ja, ich hatte mehr Glück als Scharfsinn, aber so war es. Die Leiche war am Strand, nördlich von La Paloma gefunden worden, am Weihnachtstag 1997, unweit der Fischmehlfabrik. Der Mageninhalt: Drogenreste, Alkohol und saure Sojasuppe. In allen Körperöffnungen eine Spermavielfalt, nicht aufzuschlüsseln. Todesursache: Vergiftung, irgendwann am Vortag, am 24. Dezember …« Und wie plötzlich überrascht von einem Zufall hob er hervor: »An einem Tag wie heute!«

Er drückte den Tabak im Pfeifenkopf mit einem Metallstäbchen nieder, nickte dazu, nahm einen langen Schluck aus seinem Glas und schaute schließlich wieder aufs Meer hinaus; mir aber erschien sein Blick wie nach innen gerichtet, als er fortfuhr.

»Wir suchten in Fotolabors und befragten Fachleute, die noch mit altmodischen Schmalfilmkameras umgehen konnten. Es stellte sich bald heraus, dass es noch erstaunlich viele Liebhaber dafür gibt. Man identifizierte den Apparat, eine Kodak Super 8 aus den siebziger Jahren. Aber der Film konnte natürlich auch im Ausland gedreht und entwickelt worden sein, die Frau aus einem anderen Land stammen, ihrem Aussehen nach etwa aus Brasilien oder Paraguay, zwei Schwerpunktländern des Frauenhandels. Jedenfalls ist es uns nicht gelungen, die Tote trotz ihres prägnanten Tattoos – eine okkultistische Sektenmitgliedschaft? – zu identifizieren. Wir setzten ihr Bild in alle Zeitungen, ein paar Mal zeigte man es im Fernsehen. Natürlich wurde in diesem Zusammenhang auch mein Name verbreitet, man interviewte mich zu dem Fall, wollte eine Deutung von mir hören. Die verrücktesten Geschichten machten die Runde. Das war bei einer rätselhaften Toten mit indischem Hakenkreuz unter dem Kinn und diesem perversen Ende unvermeidlich. Denken Sie nur, ich habe sogar Botschaften für die schöne Unbekannte nach den Yemanjá-Ritualen am Strand entdeckt. Dann, Ende '99, habe ich den anonymen Brief erhalten – in fehlerhaftem Spanisch, auf drei verschiedenen Schreibmaschinen getippt …«

Mein Gegenüber wühlte mit gespreizten Fingern in seiner weißen Mähne; es war, als öffnete er das ominöse Schreiben erst jetzt und sträubte sich, seinen Inhalt wahrzuhaben. Der Anonymus bekannte sich hämisch dazu, einer der vielen zu sein, die Polizeikommissar Alfredo Spiel im Verlauf seiner erfolglosen Fahndung persönlich aufgesucht hatte. Der abgerissene Filmstreifen, den er ihm gezeigt habe, stamme allerdings aus einem Film, den er selber vor mehr als einem Jahr gedreht habe – laut seinem Taschenkalender am 22. Januar '98. An jenem Tag sei ein offenbar verliebter koreanischer Seemann bei ihm erschienen, begleitet von einem paraguayischen Mädchen, und habe ihn gebeten, seine reizvolle Hafenliebe in einem kleinen Porno zu verewigen. An ein Tattoo der hübschen Hure unter ihrem Kinn könne er sich nicht erinnern. Sein Film habe also offensichtlich nichts mit der dreißig Tage zuvor verunglückten Unbekannten von La Paloma zu tun. Er melde sich anonym, weil er keine Scherereien mit der Polizei wünsche. Und überhaupt: Er schreibe das nur, damit man nicht in alle Ewigkeit in diese Sackgasse hineinstoße. Der verrückte Kommissar Spiel habe schon genug Schwachsinn verzapft und Verwirrung gestiftet.

Mein Gegenüber hatte zuletzt nur noch leise gesprochen, war zusammengesackt, seine Pfeife war wieder ausgegangen; sein flehentlicher, vielleicht um Hilfe bittender Blick ließ nicht von mir ab. Ich selbst vermutete zunächst, der Schreiber sei womöglich nur ein finsterer Spaßvogel gewesen – ein neidischer Kollege etwa – erwiderte aber vorsichtshalber bloß: »Das ist ja ein Ding!«

»Jawohl, dieser Anonymus will die Ermordete genau dreißig Tage *nach* ihrem Tod quicklebendig gefilmt haben. Damit würden meine sensationelle Entdeckung, meine Auslegung des Verbrechens und all die Spekulationen der Medien wie ein Kartenhaus zusammenbrechen. Dem entgegen aber behaupte ich: Der Schreiber hat sich entweder in der Jahreszahl geirrt, oder – was ich für viel wahrscheinlicher halte – er ist zu dieser falschen Angabe *gezwungen* worden. Wieso? Wie? Na, bedenken Sie doch, er hätte einfach geschwiegen oder zugegeben, *vor* dem 24. Dezember '97 gefilmt zu haben! Dann wäre das *schöne Mädchen mit der Swastika* – als solches geisterte es bereits durch die Medien – mein Fall geblieben. Aber mit der heimtückischen Nachdatierung des Drehtags um öde dreißig Tage hat er meine Entlarvung als eine ›Spinnerei des alten Espiél‹ abgetan. Nein, nein, so nicht, mein Lieber!«

Er warf mir einen herausfordernden Blick zu, ganz so, als wäre ich, der kaum noch mit den Kalendertagen zurechtkam, der Epistelschreiber.

»Dahinter steckt die koreanische Mafia«, behauptete er etwas gefasster. »Sie fragen mich, woran ich das erkenne? Bitteschön, sagt Ihnen etwa der ›verliebte *koreanische* Seemann‹ nichts? Da – schauen Sie hinaus!« – und er deutete auf einen in der Ferne schaukelnden Fischkutter: »Die feiern Orgien mit Opfern des Mädchenhandels, sage ich Ihnen. Wenn sie erst einmal unsere Hoheitsgewässer verlassen haben, geht es sofort los. Kennen Sie die koreanische Leiter, oder die Yalu-Schaukel? … Sie stimmen doch mit mir überein, dass der Brief der Mafia nützt – um unseren Verdacht zu entkräften; um uns in die Irre zu führen.« Und er wiederholte nachdenklich: »In die Irre …«

Mit der »koreanischen Leiter« konnte ich nichts verbinden, und von der »Schaukel« war mir nur der Yalu bekannt: als »Grenzfluss zwischen China und Nordkorea«, der gelegentlich in Kreuzworträtseln vier Kästchen füllen muss. Alfredo griff zur Majolika-Scherbe und vergrub sie wieder, zusammen mit dem Tabakbeutel, in den Taschen seiner Bermudas. Wartete er noch auf meine Zustimmung? Was konnte ich sagen? Dass er die Stecknadel im Heuhaufen wohl doch nicht gefunden hatte?

In der Stadt um uns schienen sich die Menschen an ihre vorweihnachtlichen Aufgaben zu erinnern. Der Autoverkehr war dichter und lärmender geworden, stadteinwärts belebte sich die Rambla, und die ersten Sonnenanbeter und Matezuzler lagerten schon im warmen Sand. Alfredos fundamentale Frage stand noch zwischen uns. Als ich zunächst meine Neugier hinsichtlich der Yalu-Schaukel äußerte, winkte er ab.

»Ersparen Sie sich das. Gerechterweise müssten Sie dazu ja alles erfahren. Dass ich nämlich den anonymen Brief von diesem angeblichen Pornofilmer vernichtet habe, dass keiner meiner Kollegen je etwas davon erfuhr. Außerdem habe ich ein paar Wochen darauf meine Frühpensionierung beantragt. Ich hab zuletzt gerade noch gehört, dass unsere Spezialisten sich einbilden, das halbrunde Zeichen am Halsrand des letzten Bildchens sei kein Tattoo; es stamme vielmehr von einem Biss, von einem Liebesbiss etwa.« Er lachte trocken und bitter, es klang wie ein Husten. »Liebe …«, wiederholte er höhnisch, »insgeheim haben die sich alle wahrscheinlich unendlich lustig gemacht über mich.«

Damit war ich aus dem Schneider, doch noch etwas sagen zu müssen. Zu seinen Worten brauchte ich nur bedauernd und übereinstimmend, in schräger Kopfhaltung zu nicken. Wir standen auf und ich zahlte für die beiden Fläschchen Pomelo Salus.

In der Folgezeit ergab es sich ganz von selbst, dass wir am frühen Morgen, bei wechselndem Wetter, gegenseitig nur kurz einen Gruß andeuteten. Er stapfte weiterhin barfuß, wie suchend vorgebeugt über seine Pfeife, ganz nah am Wasser entlang. Als ich schließlich in ein anderes Land versetzt wurde, blieb ich an einem der letzten Tage doch noch einmal neben ihm stehen. So aus nächster Nähe fiel mir auf, um wie viel älter er aussah; sein Haar war länger, wirrer, dünner geworden. Er schaute erschrocken und befremdet zu mir auf.

»Guten Morgen …«, begann ich und wollte mich verabschieden. Aber er hatte schon mit einer ausholend grüßenden Handbewegung die kalte Pfeife aus dem Mund genommen und mich unterbrochen:

»Kennen wir uns? Alfredo Es-piél …«

Da fühlte ich erst, wie sehr ich ihn, meinen kleinen Fabulanten aus dem Heim, ins Herz geschlossen hatte.

Daniela Meisel

SCHWEIGEN IST GOLD

Das Leben ist eine Abfolge von unerwarteten Wendungen. Gerade wenn man sich selbstzufrieden zu einer getroffenen Entscheidung gratuliert, macht es eine Kehre und man merkt, was für ein Idiot man doch war, sagt K. mit der Ruhe eines Menschen, der Gewissheit hat, dass sein Vorhaben unumstößlich ist, dass weder Bitten noch Flehen ihn dazu bewegen können, seinen lang gefassten Plan zu überdenken oder auch nur einen Millimeter davon abzuweichen. Er sticht zu, zieht das Messer dabei leicht nach oben und die Klinge dringt durch die Haut, als würde sie Zellophanpapier teilen. Widerstandslos und glatt. Mich wundert es nicht, denkt K. noch, die feinste Verpackung und drinnen nichts als Müll, während Roning röchelnd zusammenbricht, ein leises Geräusch, so als käme es aus einem viel kleineren Körper, in dem es zu wenig Resonanzraum gefunden hat, um zu der Situation passenden Lautstärke anzuschwellen. Kein Todesschrei, weder wehrhaftes Um-sich-Schlagen noch letztes verzweifeltes Blutspucken, nur dieser Ausdruck grenzenloser Überraschung in dem sterbenden Gesicht. In Wahrheit bist du so was von schwach, denkt K. triumphierend, während Ronings Augen sich nur noch langsam bewegen, schließlich die seinen finden und endlich in diesem Blick erstarren, auf den K. all die Jahre gewartet hat, den er schließlich herbeigesehnt hat wie ein Bub die lang verdiente Entschuldigung seines Vaters nach dessen ungerechter Behandlung und der ihn am Ende sogar bis in seine Träume verfolgt hat. Schuldbewusste Erkenntnis.

Konrad lässt das Blatt sinken. Sorgfältig legt er es an exakt dieselbe Stelle zurück, von der er es genommen hat. Unordnung führt geradewegs zum Verlust der Selbstbeherrschung. Unauffällig schleicht sie sich in das Leben. Ein nach der Lektüre auf dem Tisch liegen gelassenes Buch hier, ein auf den Boden gefallener und nicht wieder aufgehobener Notizzettel da, und schon wird einem der Gesamtzustand seines privaten Wohnbereichs oder – noch schlimmer – der Arbeitsstätte gleichgültiger. Die Bequemlichkeit bezwingt das bessere Wissen und das Chaos hält siegessicher Einzug, bis man schließlich dort endet, wo man jene undisziplinierten Menschen zwischen ihren Müllbergen in diesen entsetzlichen Dokuserien beobachten kann.

Roning, dieser verdammte Amerikaner, denkt Konrad, begreife von seinen Ausführungen kein Wort. Little chaos can be the beginning of something really ingenious. It might even be essential, würde er sagen. Oder so ähnlich. Heute verstehe er, Konrad, wenigstens. Aber damals. Anfang dreißig. Schon in der Schule war er alles andere als eine Leuchte im Englischunterricht gewesen, aber als Roning dem Unternehmen vor nun über fünfzehn Jahren als neuer Chef vorgesetzt wurde wie ein falsch bestelltes Menü beim Asiaten um die Ecke, hatte er sich kaum noch an die einfachsten Phrasen erinnert. Good morning. How do you do? Mehr war ihm schon nicht mehr eingefallen und dieser treulose sogenannte Freund Egon war ihm auch noch wie aufs Stichwort in den Rücken gefallen – als hätte er, ganz Schauspieler aus der zweiten Reihe, schon ewig auf die Gelegenheit gewartet, sich die Hauptrolle im nächsten Stück zu sichern.

Er konnte sich noch genau an den missbilligenden Ausdruck in Ronings Gesicht erinnern, als dieser ihm mitteilte, dass aus seiner geplanten Beförderung aufgrund der Umstände nun leider doch nichts werden könne. Schließlich habe man ihn selbst geholt, um die Firma zu internationalisieren, oder wie er sich damals ausgedrückt hatte. Das müsse er, Konrad, verstehen. Sorry. Maybe another time. Als handelte es sich um ein kurzfristig verschobenes Tennismatch unter guten Bekannten. Und dann dieser freundschaftliche Schlag auf den Rücken. Ein Messerstich. Noch heute spürt Konrad die Eintrittsstelle jucken wie eine schlecht verheilte Narbe, wenn er an das Gespräch denkt.

Natürlich hatte er geschwiegen. Das gebietet der gute Ton. Er war keiner von denen. Keiner dieser leichtlebigen Amerikaner, die sich bei der ersten Gelegenheit mit dem Vornamen ansprachen und bei der nächsten so vertraulich berührten, als kennten sie einander seit Kindheitstagen. Außerdem hatte er gedacht – Klara und Christopher waren damals noch Kleinkinder –, so hätte er mehr Zeit für die Familie. Weniger Geld, weniger Renommee, weniger Herausforderung, aber mehr Zeit. Das war doch ein guter Tausch. Nur dass sie es ihm heute keineswegs dankten. Nein, ganz im Gegenteil beneideten seine Kinder ihre Schulkollegen um die Villen im Grünen, die deren Eltern besaßen, um die viel geräumigeren und spätestens alle drei Jahre neu möblierten Jugendzimmer oder um den Urlaub in der Karibik, während sie ihre Ferien schon zum fünften Mal auf Großtante Lottis Bauernhof verbringen mussten. Und das Schlimmste daran war, irgendwie verstand er sie sogar, die Frau Tochter und den Herrn Sohn. Aber damals, Anfang dreißig, war die Welt noch offen gestanden. Wenn nicht heute, dann morgen. Irgendwann würde er den Chef schon von seinem Können überzeugen, nicht mit Worten natürlich – Selbstbeweihräucherung war nicht seine Art –, sondern mit Taten, und irgendwann würde Roning um Verzeihung flehend zu ihm kommen und seinen Fehler eingestehen.

Plötzlich eine Berührung an seiner Schulter. Erschrocken sieht Konrad auf und für einen Moment lang fühlt er sich, als hätte ihn seine Mutter beim Fälschen ihrer Unterschrift auf dem Entschuldigungsschreiben für den Sportunterricht erwischt, dabei ist es nur Hannelore und schließlich weiß sie von allem.

Gefällt es dir?, fragt sie und blickt, sich auf die Zehenspitzen stellend und weiter auf ihnen balancierend wie eine jugendliche Tänzerin, über seine Schulter. Ja, sagt er, ja, aber du hättest mich ruhig Konrad nennen dürfen, damit wäre es irgendwie … gehaltvoller.

Freundschaft funktioniert Seite an Seite. Wenn einer auf die Überholspur wechselt, um den anderen fortan selbstgefällig aus dem Rückspiegel zu betrachten, geht sie entzwei. Als Egon und er damals als Hilfskonstrukteure bei dem Unternehmen begannen, spielten sie gemeinsam Tennis. Am Wochenende trafen sie sich mit Hannelore und Martha zu viert zum Brunchen in der Innenstadt, zwei verliebte Pärchen, die von dem Gefühl beseelt waren, nun bald so richtig durchzustarten, die einen der Spiegel der anderen, in dem sie begeistert ihre hoffnungsfrohen Gesichter betrachten konnten, aber heute sahen sie sich außerhalb der Firma kaum noch und selbst dann gab es nur knappes Grüßen. Die Idee war gewesen, dass sie die Abteilung gemeinsam leiten sollten. Der eine, der Genaue, der Verlässliche, der

Planer, der andere der Kreative. Zusammen wären sie gut gewesen. Genial vielleicht sogar, aber Roning hatte das ja nicht einsehen wollen. Was mit seinem Vorgänger längst abgesprochen war, sollte unter ihm keine Gültigkeit mehr haben.

Ich bitte dich, Konrad, das ist doch verständlich, hatte Egon beschwichtigend gemeint und er hatte, wie immer, geschwiegen. Wie selbstverliebt der angebliche Freund damals mit Roning über sein Auslandssemester in Kanada gesprochen hatte. Später ein englisches Witzchen hier und eine Redewendung da und schon war er, Konrad, aus dem Rennen.

Mit Anfang dreißig wäre der richtige Zeitpunkt gewesen. Damals war er voll Energie, die Ziele fest im Visier, doch heute spürt er jeden Tag deutlicher, dass sie ihm auszugehen drohte wie einem stotternden Motor das Benzin. Sein restliches Leben lag vor ihm wie eine Straße durch eine ereignislose Steppenlandschaft. Zu beiden Seiten Gras, Gras und noch mal Gras. Egon dagegen …

Konrad dreht sich zu Hannelore um, die aus dem Gleichgewicht gerät und ruckartig auf ihren Fersen landet. Er küsst auf die gleiche Weise ihre Stirn, wie er es auch manchmal bei seiner Tochter tut. Wenn ich es mir genau überlege, mein Schatz, dann könntest du mir noch so ein Geschichtchen schreiben, sagt er und erinnert sich an den herablassenden Blick des ehemaligen Freundes, mit dem ihn dieser in letzter Zeit vermehrt betrachtet und der bei ihm ein Würgen in der Kehle verursacht, diesmal mit Egon in der Rolle des Opfers.

Am Beginn jeder Auflehnung steht die Geringschätzung. Treibt der Machthaber diese an die Spitze, wird er früher oder später von seinen Untergebenen beseitigt, sagt Konrad dieses Mal, bevor er dem bereits durch einen Hieb mit dem Spaten benommenen Egon das Tuch um den Hals legt und so lange fester zieht, bis dieser erstickt. Der unliebsame Konkurrent stirbt theatralischer als sein Chef. Aus den Höhlen hervortretende Augäpfel und wilde Zuckungen der Extremitäten inklusive.

Noch einmal liest Konrad die ersten beiden Zeilen bevor er das Blatt sinken lässt. Hannelore versteht mich eben, denkt er begeistert, und was er doch für ein Glück mit dieser wunderbaren Ehefrau hat. Hannelore war nie eine dieser gefährlichen Schönheiten, die einen gleichermaßen um Verstand wie Verdienst bringen können, dafür verlässlich, loyal und bescheiden, erinnert er sich. Und während sich die Schönheiten mit Ende vierzig langsam zu zersetzen beginnen, als hätte man Essigsäure über ihre einst makellose Haut gekippt und dem Verfall mit immer teureren Kosmetikbehandlungen, chirurgischen Eingriffen und übertrieben luxuriöser Kleidung entgegenwirken wollen, bleiben die Verlässlichen loyal und bescheiden. Obwohl man Hannelore ihr Alter im Gegensatz zu ihm ja kaum ansieht. Meist wird sie um gut fünf bis zehn Jahre jünger geschätzt als sie tatsächlich ist. Das bewirke das Schreiben, hat sie ihm einmal erklärt, man könne sich von der Seele dichten, was einen niederzudrücken versuche. In letzter Zeit wollte sie sogar, dass er sie Hanna nannte. So steht der Name auch auf den von ihr veröffentlichten Büchern, aber das führte doch zu weit. Schließlich ist sie, verjüngtes Aussehen hin oder her, kein Schulmädchen mehr und als Autorin weder eine Berühmtheit noch in den Bestsellerlisten. Da soll sie erst noch einmal richtig verdienen, mit dem was sie zu Papier bringt, bevor er … aber das würde er ihr natürlich niemals ins Gesicht sagen.

Hannelore tritt hinter ihn. Wenn man vom Teufel …, denkt Konrad. Entweder wird er langsam schwerhörig oder sie schleicht sich in letzter Zeit immer häufiger an ihn heran.

Zufrieden?, will sie wissen und Konrad antwortet Ja. Ja, aber du hättest ruhig noch einen Tick ausführlicher werden dürfen in den Details, sagt er mit seiner höflichsten Stimme.

In den nächsten Wochen braucht Konrad nur ein paar wohldosierte Worte über eine unliebsame Person fallen lassen, schon liegt tags darauf eine neue Geschichte auf seinem Schreibtisch, wenn er von der Arbeit nach Hause kommt. Amüsiert liest Konrad, wie er seinem ehemaligen Schulkollegen, der ihn als Bub immer wegen seiner zahlreichen Allergien und seines dadurch bedingten kränklichen Aussehens verspottet und vor den Klassenkameraden lächerlich gemacht hat, eine falsche Wettervorhersage unterjubelt und ein brüchiges Kletterseil in seiner Ausrüstung verstaut, sodass dieser nach seinem Absturz aus dreihundert Metern Höhe auf dem Boden zerschellt, als bestünde sein Körper aus Glas. Seinen Stiefvater, der ihn als Kind nur allzu gerne mit dem Gürtel bearbeitet hat, wenn er sich durch sein angebliches Lärmen oder durch die von ihm verursachte Unordnung gestört fühlte, ermordet er bestialisch, und das Blut jenes unfähigen Nachbarn, der ihm beim Ausparken aus dem engen Garagenparkplatz schon – man stelle sich vor – zum dritten Mal den Lack seines Wagens zerkratzt hat, tränkt dessen neu erstandenen und angeblich wirklich echten Perserteppich.

Als er an einem Freitagnachmittag verspätet nach Hause kommt, steht Hannelore – ganz gegen ihre Gewohnheit – nicht in der Küche, um das Abendessen zuzubereiten. Konrad sucht sie im Arbeitszimmer. Unschuldig liegt das Blatt auf dem Schreibtisch. Konrad greift danach und führt es so nah an seine Augen, bis die Buchstaben sich voneinander abzugrenzen beginnen. Die Vorfreude auf das, was er nun gleich lesen wird, prickelt in seinem Bauch wie damals, als seine Mutter ihm als Bub versprochen hatte, dass sie mit ihm einen Ausflug in die Hauptstadt und in den Prater unternehmen werde. Mit dem Unterschied, dass jenes heutige Versprechen gehalten werden würde.

Der Schweigsame schluckt so lange Gold, bis das wertvolle Metall sich in seinem Magen verflüssigt und als Gift durch seine Adern pumpt, sagt der Mörder zu seinem Opfer, während er dem Ahnungslosen, der sich keineswegs angesprochen fühlt, einen Cocktail aus Alkohol und dem sorgfältig zu einem dünnen Saft gepressten Eisenhut serviert.

Keine Namen, denkt Konrad erfreut über die guten Einfälle seiner Ehefrau. Blankomord, sozusagen. Obwohl er gerade nicht weiß, wen er an die Stelle des Opfers setzen sollte. Schließlich hat er in den vergangenen drei Monaten so gut wie alle seine jahrelang verhassten Widersacher auf Papier um die Ecke gebracht. Gespannt liest er weiter.

Einen Moment lang zweifelt der Mörder, ob die Menge des Wirkstoffs ausreichen wird. Schließlich ist sein Opfer groß gewachsen, doch hat er diesen Umstand umsichtig eingerechnet und vermutet außerdem, dass dessen zahlreiche Allergien den Körper über die Jahre geschwächt haben müssen. Zur Feier des Tages, sagt er und hebt sein Glas so schwungvoll in den Himmel, als wollte er an seinen Stiel geklammert in die lang ersehnte Freiheit abheben. Ich muss mich zurückhalten, denkt er, und mit einem Blick auf die tief in seine Haut gegrabene Zornesfalte seines Opfers, dass ständige Hassgedanken nicht gerade jünger machen.

Konrad runzelt die Stirn. Irgendwie erinnert ihn die Beschreibung an … aber das ist doch lächerlich. Warum sollte Hannelore …? Oder handelte es sich bei dem Verfasser vielleicht gar nicht um seine Ehefrau? War jemand etwa hinter ihr geheimes Spiel gekommen und versuchte nun …?

Nervös beginnt Konrad an seinem Daumennagel zu kauen. Eine Angewohnheit, die er seit Jahren erfolglos zu bekämpfen versucht. Achte auf den Stil, sagt er sich, aber was ist eigentlich Hannelores Stil? Könnte er ihre Geschichten tatsächlich eindeutig von denen eines anderen beliebigen Autors unterscheiden? Was, wenn der Verfasser die Schreibweise seiner Frau zu imitieren versuchte? Hatte er jemals so auf den ihr eigenen Ton geachtet, um diesen nun von einem anderen unterscheiden zu können?

Ein aufmerksamer Beobachter könnte seine sorgfältig versteckte Aggressionsbereitschaft an seinem zerbissenen Daumennagel erkennen, denkt der Mörder über K. …

Das Blatt entgleitet Konrads Händen und er sieht sich, während ein Gefühl der Beklemmung wie Galle in seine Speiseröhre aufsteigt, um. War da nicht ein Schatten? Lächerlich, scheltet er sich erneut, bückt sich nach dem Text und zwingt sich weiterzulesen.

Selbstzufrieden nimmt Konrad einen großen Schluck, während der Mörder das Auf- und Abtanzen des Muttermals auf seinem Adamsapfel so angespannt beobachtet, als müsste er dessen Bewegungen für eine Studie analysieren. Das Gift wirkt schnell, der Mörder hat sich genau informiert. Ein kurzes Prickeln der Lippen wird bei einem Glas Champagner kaum auffallen. Die anschließende Taubheit der Zunge auf die Wirkung des Alkohols geschoben werden. Wenn die Lähmung sich danach auf den gesamten Körper ausbreitet wie eine infektiöse Krankheit, ist es zu spät. Vielleicht wird das Opfer noch stutzig, wenn es mit einem Mal trotz der sommerlichen Temperaturen zu frieren beginnt oder sich der Magen zusammenkrampft, als spürte er einen beginnenden Brechdurchfall, doch das nun einsetzende Herzrasen ist nicht mehr kontrollierbar und der Atemstillstand die sichere Folge.

Konrad fasst sich an den Hals. Die Stelle, an der das Muttermal wächst, hebt sich ein wenig von der Hautoberfläche ab. Nicht, dass er sich Sorgen machen müsste, hat der Hautarzt bei seiner letzten Untersuchung gemeint, aber eine regelmäßige Kontrolle wäre in seinem Alter … Die Tür fällt ins Schloss und er zuckt zusammen.

Tut mir leid, Liebling, dass ich an unserem Jubiläum so spät nach Hause komme, aber ich hatte ein paar Besorgungen zu erledigen. Dafür dürfen wir uns zur Feier des Tages eine Flasche Sekt genehmigen, flötet Hannelore voll unschuldiger Fröhlichkeit. Sie habe diese gerade eben vom Nachbarn bekommen. Als Friedensangebot nach der erneuten Beschädigung unseres Wagens, erklärt sie und Konrad fühlt seine Zunge wie einen Fremdkörper, dessen Gewicht ihm eine Antwort zu geben unmöglich erscheinen lässt.

Auf dem Heimweg habe ich übrigens Egon getroffen, plaudert Hannelore weiter. Er sagte, er hätte mit Roning über dich gesprochen und sie wären sich einig gewesen, dass es wieder einmal an der Zeit wäre, sich in entspannter Atmosphäre bei einem Gläschen über etwaige Wünsche oder Beschwerden deinerseits zu unterhalten.

Ist doch eine nette Idee, meint seine Ehefrau unbestimmt lächelnd, während sie die Flasche Sekt so fest in der Hand haltend wie eine Waffe auf ihn zukommt und Konrads Herzschlag aus dem Takt gerät.

Michael Saur

DIE REISE

für Robert Pan

Als wir an der Ausfahrt vorbeifuhren, legte sich gerade die Dämmerung über die Bananenbäume. Weil wir müde waren von einem langen Tag, beschlossen wir, anstatt umzukehren, die Nacht in der kleinen Stadt auf einer Halbinsel zu verbringen, die wir auf der Landkarte fanden. Wir erreichten die Abzweigung, die vom Festland dorthin führte. Die Straße wurde so schmal, dass sie R. an Eisenbahngleise erinnerte. Ich parkte den Wagen vor einem dreistöckigen Hotel mit einem kleinen Schwimmbad im Innenhof. Den Preis von achtzig Dollar für eine Nacht bezahlten wir bei einem Mann namens Don Victor, der uns von hinter der Rezeption unseren Zimmerschlüssel reichte. Wir wollten am nächsten Tag weiter in den Regenwald fahren, auch wenn es dafür keinen richtigen Grund gab, denn uns interessierte die Natur nicht wirklich.

Das Restaurant, in dem wir kurz darauf zu Abend aßen, sagte mir wenig. Es war dunkel und schmutzig, und in einer Ecke saßen ein paar Einheimische stumm

146

vor ihren Bieren. R. zeigte auf ein Mädchen hinter der Bar, das gerade da den Kopf wendete und in unsere Richtung lächelte. Sie war eine von zwei Bedienungen und kam mit einem kleinen, etwas mitgenommen aussehenden Schreibblock an unseren Tisch. Ein kurzes und freundliches Gespräch entspann sich. Sie fragte, woher wir kämen, wohin wir wollten, und ob wir in der Stadt schon eine Unterkunft gefunden hätten. Ihre Kleidung war unübersehbar ärmlich; sie verlieh dem Mädchen eine plumpe Eleganz. Als wir gingen, schüttelte sie jedem von uns etwas schüchtern die Hand wie die Angestellte eines Provinzbüros am Ende ihres ersten Arbeitstags, nicht sicher, ob sie am nächsten Tag zurückgebeten würde.

Durch die offene Balkontür hörten wir etwas später noch dem Meer zu. Am nächsten Morgen stand das Mädchen in der Hotellobby. »Hast du sie eingeladen?«, fragte ich R. Mein Freund schüttelte den Kopf. »Sie muss sich unser Hotel gemerkt haben«, sagte er. Das Mädchen erzählte, sie habe an dem Tag frei und wollte uns einen Besuch abstatten, da sie ganz in der Nähe wohne. Wir luden sie auf einen Kaffee auf der Terrasse ein, schließlich hatte sie den Weg auf sich genommen, eine Strecke, die mit Blick auf ihre vom Straßenstaub schmutzigen Schuhe Mühe gekostet hat. Als sie sich frisch machen ging, fragte R., ob ich etwas dagegen hätte, wenn wir eine weitere Nacht in dem Hotel blieben, und ich sagte nein.

Auf Empfehlung des Mädchens fuhren wir zu dritt zu einem Strand, der auf der anderen Seite der Halbinsel lag. Wir waren fast die einzigen Besucher. Als ich zur größten Mittagshitze aus einem kurzen Schlaf erwachte, sah ich R. und das Mädchen in der seichten Brandung. R. hob das Mädchen aus dem Wasser. Irgendwann saß sie auf seinen Schultern. R. war fünfzehn oder sogar zwanzig Jahre älter als sie. Ich sah aber auch, dass in ihrem jungen Gesicht etwas wohnte, das sie über ihr Alter hinaus erfahren scheinen ließ. Ich musste ausgerechnet an Eiskunstläuferinnen denken, die vom eiskalten Training hart und bissig werden konnten. Aber das Licht, oder ein Lachen, wischte den Eindruck gleich fort. Ein paar Stunden später saßen wir erfrischt und angezogen auf dem Balkon unseres Hotels. »Wie gefallen euch meine Schuhe?«, fragte sie unvermittelt und streckte ihren linken Fuß in die Luft. Sah sie den Schmutz und die abgelaufenen Sohlen nicht?

Auf der Fahrt zu einem Restaurant etwas später deutete das Mädchen auf verschiedene Sehenswürdigkeiten, die nur durch ihre Euphorie Bedeutung erhielten. Eine kleine Steinkirche, der schmutzige Hafen, eine Sonnenuhr an einer Schulwand, die wegen der eingefallenen Nacht welk aus der Mauer ragte. Von der Restaurantterrasse sah man die Lichter der Halbinsel. »Wie lange bleibt ihr noch in der Stadt?«, fragte das Mädchen. Weil R. nichts erwiderte und

stattdessen einen Bissen von dem Brot nahm, sagte
ich: »Unser Flug geht in vier Tagen.« Auf dem Rück-
weg hielten R. und das Mädchen sich die Hände. In
der Musikanlage des Autos spielte eine CD mit einem
Klavierkonzert von Schostakowitsch, und weil alles
so friedlich war und man kaum glauben mochte, dass
Schostakowitsch einst Hymnen auf Stalin schrieb,
oder dass man Geschäftsabschlüsse hart bandagiert
durchboxen konnte, versuchte ich das Auto so sanft
wie möglich durch die engen Straßen zu lenken. Unter dem Licht einer Straßenlaterne verabschiedete sich
das Mädchen bald darauf erst von mir, dann von R.
Mein Freund und das Mädchen hielten sich kurz um-
armt, dann ging sie in ihren lauten Schuhen davon.
Sie winkte nach einem Taxi, das sich aus der Nacht
schälte. »Wir hätten sie nach Hause fahren sollen«,
sagte ich. »Sie wollte es nicht«, meinte R., und kurz
überlegte ich, ob sie etwas zu verbergen hätte.

Am Abreisetag hatte ich es mir bei dem Schwimmbad im Innenhof gerade mit einem Buch gemütlich
gemacht, als ich R. ins Hotel laufen sah. Er kaufte
zwei Flaschen Bier von Don Victor, dann kam er zu
mir an den Swimmingpool und setzte sich in einen
der Stühle. Ich hatte gleich das Gefühl, dass er etwas
ernstes besprechen wollte. »Ich habe beschlossen, hier
zu bleiben«, sagte er. »Hierbleiben?«, fragte ich verwundert. »Ja. Es ist abgemachte Sache. Ich bleibe«,
sagte er im Brustton der Überzeugung. »Das ist der

richtige Ort für mich für eine Pause«, fuhr er fort. »Eine Pause?«, fragte ich erstaunt. »Richtig«, sagte er, »eine Pause von allem.« Ich verstand nicht, was mein Freund in diesem Städtchen, das das Ende der Welt zu sein schien, zu tun gedachte, dennoch versuchte ich, meine Zweifel gehalten zu formulieren. »Was für eine Art von Glücksritter bist du plötzlich geworden?«

Ich sollte nun ausholen und etwas genauer von R. berichten. Ich weiss nicht, wie deutlich bisher geworden ist, dass wir wirklich ein ungleiches Paar waren. Wir waren während unserer Schulzeit Freunde gewesen. Man hatte mich irgendwann vor die Tür gesetzt wegen einer einmaligen Untat und ewig schlechter Noten. R. dagegen war stets ein guter Schüler gewesen. Wir hatten uns dann aus den Augen verloren. Eines Tages las ich über ihn im Wirtschaftsteil der Zeitung. R. betrieb eine Anlageberatung in New York, und ich stieß nun öfter auf seinen Namen. Mir entging nicht, dass er wohlhabend geworden war. Ich stellte mir vor, dass sein Leben wenn auch nicht mit geistreicheren, so doch zumindest wegen ihres Geldes interessanten Menschen bevölkert war. Ich stellte mir vor, dass er in teuren und vornehmen Restaurants aß, und dass er selbst so Kleinigkeiten wie ein Frühstücksei oder einen Regenschirm auf der Fifth Avenue einkaufte. Dann rief er mich eines Tages aus heiterem Himmel an. Er scherzte, dass das die ganz normalen Erscheinungen unseres Alters sein müssten, eine Nostalgie oder Sehnsucht nach etwas zu verspüren, das im Grunde längst Einbildung geworden war, und ob ich immer noch Gedichte schrieb und mein Bier warm trank. Wir trafen uns, und weil wir anscheinend mühelos anknüpften, taten wir das nun öfter.

»Hast du Lust auf einen Kurzurlaub?«, fragte er mich dann eines Tages. »Ein Kurzurlaub? Wohin?«, fragte ich. »Wo es warm ist«, sagte er. Ich hatte gerade etwas Zeit, denn die Winterfeiertage standen bevor. Ich sagte unter der Bedingung zu, dass wir auf alles verzichteten, das teuer ist. Und so kam es, dass wir einige Wochen später an einem Swimmingpool saßen und er mir erzählte, dass er sich in etwas verstrickt hatte, aus dem er nun keinen vernünftigeren Ausweg erkannte als die Flucht, und dass ich nun alleine aus dem Urlaub zurückreisen würde. »Ich hätte es dir früher erzählen sollen«, sagte er. »Aber jetzt will ich mit offenen Karten spielen. Ich habe Geld unterschlagen.« Er reichte mir ein kleines Kuvert. »Gib der Polizei diesen Umschlag, wenn sie sich nach mir erkundigen sollten.« »Was ist das?«, fragte ich. »Meine Erfolge der vergangenen Jahre waren erlogen. Ich habe Gelder meiner Anleger unterschlagen. In dem Kuvert sind Negative von Fotos von Konten, auf denen noch Geld liegt. Ich kann nicht alles wieder gut machen, aber zumindest einen Teil. Ich wollte mich stellen nach der Rückkehr. Aber nun ist alles anders gekommen.«

Ich hätte an dieser Stelle den passenden Appell an ihn richten müssen, sich nicht als Abenteurer zu versuchen. Ich hätte ihm auch sagen müssen, mich nicht zu einem Instrument seines Verschwindens zu machen. Verantwortung und Moral hätte ich ins Spiel bringen müssen. Wenn R. wirklich Geld von anderen Menschen gestohlen hatte, woran ich nach seiner Selbstanklage keine Zweifel hegte, hätte er die Verantwortung dafür übernehmen müssen. Aber es erschien mir auch lachhaft. Investoren gaben ihr Geld Leuten wie R., der daraus mehr machen sollte, und das nahmen sie dann. Großkonzerne nehmen, und auch der kleine Ladenbesitzer nimmt mehr als er gibt, sonst hätte er am Ende keinen Gewinn. Übertrieben könnte man sagen, dass wir von der Sonne, der Erde und dem Meer nehmen, aber das klingt überspannt. Ich zollte ihm Respekt dafür, nicht die normale Feindseligkeit seiner Kaste gegenüber der Armut zu demonstrieren, und ich wünschte ihm Rückenwind.

Vor dem Hotel schüttelten R. und ich uns die Hände. Ich nahm die bergige Straße in die Hauptstadt statt der Schnellstraße. Das Fahren über die gewundenen Pässe und durch die grüne Landschaft beruhigte meine Nerven. Noch immer spielte die Schostakowitsch-CD, und als sie auf halber Strecke zu Ende ging, drückte ich die Replay-Taste. Gegen Abend quartierte ich mich ganz in der Nähe des Flughafen ein, und in einer kleinen Bar trank ich mehr, als mir gut tat. Das Flugzeug am nächsten Morgen war halb gefüllt, und ich war froh, dass der Sitz neben mir leer blieb. Als ein älterer Mann in einem Leinenanzug fragte, ob er den Sitz nehmen könne, sagte ich ohne zu lügen, dass der Platz auf jemand anderen gebucht war. Ich saß hinter dem Flügel und hatte so eine gute Sicht. Als das Flugzeug hoch genug gestiegen war, konnte ich unter uns die kleine Halbinsel in der Form einer Speiseeistüte erkennen. Links davon glitzerte der Ozean. Ich dachte, wie schön dieser Ort sein konnte, aber auch daran, dass ihm schon nach kurzer Zeit etwas Entsetzliches anhaften könnte.

Die Reise liegt zwei Monate zurück. Gestern erschienen zwci FBI-Beamte an der Tür meines Apartments in Brooklyn. Einer stellte sich als Jim Robbins vor. Er war hager und hatte ein leicht schiefes Gesicht. Der kleinere von beiden hieß Matthew D'Ancona, er hatte einen eckigen Schnurrbart, aber alles andere an ihm war rund. Die Detektive standen inmitten des pulvrigen Schnees, der in Böen durch die Luft wirbelte, ein Überbleibsel von dem Sturm der vergangenen Nacht. Als ich sie aus der Kälte hereinbat, kamen sie zur Sache noch bevor wir das Wohnzimmer erreichten. »Wir fahnden nach Ihrem Bekannten R.«, sagte der größere. »Wir vermuten, dass er sich abgesetzt hat«, assistierte der kleinere. Während D'Ancona sprach, sah Robbins sich mit geübtem Blick im Wohnzimmer um. Ich bot den beiden Männern das

Sofa an, dann setzte ich mich in den ledernen Sessel bei dem großen Fenster und erzählte alles so, wie ich es sich zugetragen hatte. D'Ancona machte Notizen in einen Schreibblock, und als ich fertig war, stand ich auf und holte das Kuvert aus meiner Schreibtischschublade in meinem Arbeitszimmer, das R. mir bei meiner Abreise gegeben hatte. Robbins öffnete es und hielt einige der kleinen Negative nacheinander gegen das schräg einfallende Winterlicht. »Was werden Sie tun?«, fragte ich während er las. »Wir wollen ihn nicht erst in dreißig Jahren sehen«, sagte einer. »In dreißig Jahren?«, fragte ich. »Dann ist die Sache verjährt.«

Es hatte wieder zu schneien begonnen. Fast schien es, als standen die Schneeflocken still in der Luft, ja, fast schien es, als stand die Zeit still. Und da verstand ich, was R. gemeint hatte, als er sagte, dass seine lange Reise erst beginnen konnte, weil wir eine falsche Ausfahrt genommen hatten.

Thomas Sautner

EUROPAS FALL

Einmal sterben war ihm zu wenig. Dreißig Mal tötete er meinen Mann, dreißig Messerstiche ins Herz. Es muss nicht zwangsläufig im Wahn geschehen sein, sagte der Kommissar. Vielleicht ja ein politisches Motiv. Beging Ihr Mann nicht vor kurzem sein dreißigjähriges Firmenjubiläum?

Mächtigster Banker des Landes tot, schrieben die Zeitungen. Feindbild der Linken ermordet. Und der Boulevard lief zu Höchstform auf: Bankerboss tot, junge Witwe kassiert Bankerboni … Dreißig Stiche ins Herz des Herzlosen … Mörder stach sogar auf Herzschrittmacher ein. Gleich darauf die scheinheiligen und gleichermaßen beleidigenden Traueranzeigen der Bankengruppe in den Qualitätsblättern: Unsere tiefe Anteilnahme gilt seinen beiden erwachsenen Kindern, seinem Lebensmenschen Friederike sowie der jungen Ehefrau. Idioten! Ich selbst werde herausfinden müssen, wer das getan hat – das ahnte ich schon am Tag nach Manfreds Tod.

Keine Woche danach der erste ähnliche Fall: In Griechenland starb der Finanzminister unter zig Mes-

serstichen. Am Folgetag ein spanischer Hedgefonds-
manager, unter Messerstichen. Achtundvierzig Stunden
später ein hochrangiger Mitarbeiter des Internationalen Währungsfonds. Messerstiche. So ging es weiter,
quer durch Europa. Es war nicht nur eine historische
Mordserie, es war ein Krieg. Ein Guerillakrieg. Geführt
gegen die wahren oder vermeintlichen Verursacher jener Banken- und Schuldenkrise, deren Finanzierung in
weiten Teilen Europas eine veritable soziale Krise aus-
gelöst hatte; die zur Verarmung von Millionen führte,
zur Streichung von Pensionen, von Gesundheits- und
Bildungsleistungen, ja selbst zu Zwangsdelogierungen
von Familien und zu Suiziden. Bis zum Feldzug gegen
die angeblichen Schuldigen, die oberen Zehntausend,
die sich auf Kosten der einfachen Menschen schadlos
hielten, ihre Verluste, wie es hieß, sozialisierten, war
Ohnmacht der gesellschaftliche Aggregatzustand gewesen. Alternativlos seien die Bankenrettung, die harten
Sparprogramme, die Massenkündigungen, die horren-
de Arbeitslosigkeit. Ohne die Rettung der Finanzindus-
trie führte die wirtschaftliche Kettenreaktion zu noch
schlimmeren Folgen. Die Menschen hätten zwar nie A
gesagt, nun aber gelte es – leider, leider –, B zu sagen.
Erstaunlich lange wurde derlei Propaganda geschluckt.
Gut, es gab Demonstrationen da und dort, Streiks,
neue politische Gruppierungen. Aber nichts von Sub-
stanz, nichts von Dauer, die Leute schienen sich mit
ihrer Ohnmacht abgefunden zu haben. Nun aber, nun

war die Ohnmacht explodiert. In einer abscheulichen, erschreckenden Art explodiert.

Die Mörder, allesamt Einzeltäter, wurden in vielen Fällen unmittelbar nach der Tat verhaftet. Einige stellten sich freiwillig. Es erwies sich, dass es bis dahin unauffällige Menschen waren, die engen Kontakt mit den Opfern gehabt hatten: weitschichtig Verwandte, Büromitarbeiter, Chauffeure, Köche, andere Bedienstete. Und alle gaben sie mehr oder minder dasselbe Motiv an: Sie hatten nicht länger vermocht, einfach zuzusehen; den Taten dieser Menschen zuzusehen.

Doch welchen Taten? Diese Wirtschaftskapitäne und Politiker hatten ja keinerlei Straftaten begangen. Schon möglich, dass ihr Chef nie gegen Gesetze verstoßen habe, gab eine Sekretärin zu Protokoll, nachdem sie ihm zehn Mal den Brieföffner in den Leib gerammt hatte. Doch sie habe täglich miterleben müssen, wie menschenverachtend er agiert habe, bloß um das wahnwitzige Renditeziel von zehn Prozent zu erreichen. Und dann erinnerte die zitternde, ja aufgelöste Frau an Martin Luther King: Bedenkt immer, dass auch alles, was Hitler getan hat, legal war. Zu morden sei schrecklich, sagte die Chefsekretärin unter Tränen, sei einfach unverzeihlich, doch dies sei ein Tyrannenmord gewesen, ein Mord, der hoffentlich zig andere Menschenleben rette. Sie hoffe, die Manager, Firmenchefs und Politiker dieser Welt verstünden nun endlich. Verstünden, dass es an der Zeit sei, umzudenken.

Die Medien wussten nicht so recht, wie umgehen mit derart argumentierenden Mördern. Sie punzierten die Täter meist als intelligent, doch geisteskrank, konnten es sich aber nicht verkneifen, deren Mordmotive in aller Ausführlichkeit auszubreiten, wodurch am Ende der Eindruck entstand, als sympathisierten sie aus einer ihnen selbst nicht ganz geheuern Veranlassung mit den Mördern. Gänzlich um die Orientierung der Medien war es geschehen, als in Deutschland ein gefeierter Philosoph und Bestsellerautor in einer Talkshow einen der Gäste, einen bekannten Finanzinvestor, wie aus dem Nichts mit einem Messer attackierte. Es stellte sich rasch heraus, dass die Waffe eine Attrappe war und aus Gummi. Doch der Philosoph stach überaus realistisch und brutal auf den Investor ein und schrie dabei, ja schrie – es war eine geradezu abstruse Szene – ein Gedicht von Erich Fried: Die uns vorleben wollen – wie leicht das Sterben ist! Wenn sie uns vorsterben wollten – wie leicht wäre das Leben!

Haben Sie Ihren Mann geliebt?, fragte mich der Kommissar die Frage, die in solchen Situationen jeder Kommissar in jedem TV-Krimi stellt. Die Witwen im Fernsehen brauchen meist erstaunlich lange, um zu einer Antwort zu gelangen. Nun wusste ich warum: Zu Lebzeiten stellt man sich diese entscheidende

Frage viel zu selten. Nun war es also an mir, darüber nachzudenken. Es dauerte ein wenig. Endlich sagte ich: Ja. Es schien mir der Wahrheit am nächsten.

Aber?, stieß der Kommissar nach – und mich damit zurück zur Ausgangsfrage.

Lange schon hatte mich an Manfred seine Kaltschnäuzigkeit gestört. Die technokratische Art, wie er seine Geschäfte erledigte und die Bankengruppe führte, ging für mich nicht zusammen mit seiner privaten Jovialität, seiner liebevollen Gutherzigkeit, deretwegen ich ihn geheiratet hatte. Mehrmals sagte ich ihm, dass ich mit so einem Mann, wie er es geschäftlich sei, nicht zusammenleben könne. Wenn er den Job nicht mache, mache ihn ein anderer, war seine Antwort. Und Karin, glaub mir, ich drücke schon dann und wann ein Auge zu, wenn die Hauptaktionäre das erführen, bekäme ich echte Probleme, das kannst du mir glauben. Ich hasste ihn für derlei Scheinheiligkeit. Und ich fragte ihn, was denn nun seine wahre Natur sei, jene im Job oder jene im Privatleben; wann er sich also verstelle, in der Firma oder bei mir daheim. Weder noch, antwortete er knapp. Und das Schlimme war, es stimmte vermutlich. Er kannte keine Gewissensbisse, keine inneren Widersprüche. Er führte ein Leben ohne Tiefgang, ein Leben an der eigenen Oberfläche, und es kostete ihn nicht viel Energie, dies vor sich geheim zu halten.

Der Kommissar fixierte mich. Ich hatte ein reines

159

Gewissen, und doch beunruhigte es mich nun, dass er mich wegen meiner unverstellten Art ganz offensichtlich zu verdächtigen begann.

Wir haben oft gestritten, sagte ich. Manfreds Arbeit verschlang zu viel Zeit. Ich hätte ihn gerne mehr für mich gehabt.

Der Kommissar nickte. Er glaubte mir kein Wort.

So schrecklich die Morde waren, die infolge Manfreds Tod verübt wurden, sie wiesen den Weg für meine Recherchen. Ich ging davon aus, dass mein Mann ebenso aus gesellschaftspolitischen Motiven ermordet worden war wie all die anderen Konzernchefs, Politiker und Banker. Ich würde den Mörder in seinem engen persönlichen Umfeld finden, es würde jemand sein, dem seine Menschenverachtung, seine Geschäftspraktiken unerträglich geworden waren, jemand zudem, der nicht davor zurückschreckte, ihn mit den äußersten Mitteln der Verzweiflung zu stoppen.

Ich kramte nach Kugelschreiber und Notizblock, hatte vor, eine Liste der – es klingt so blöd – Verdächtigen anzufertigen.

Der Name, der mir prompt und mit einer mich erschreckenden Selbstverständlichkeit zuallererst in den Sinn kam, war Lisa – meine Freundin und ehemalige Studienkollegin. Sie und Manfred hatten einander gut gekannt, oft war Lisa bei der bunten Runde dabei gewesen, wenn wir abends ausgingen. Sie war es, die mich über Manfreds *Machenschaften*, wie sie sagte, in quälender Gründlichkeit auf dem Laufenden hielt und mich ständig drängte, auf ihn einzuwirken. Andernfalls – sie meinte es im Ernst – würde ich mich mitschuldig machen. Lisa war noch immer bei den Trotzkisten und arbeitete um einen Hungerlohn bei einem alternativen Radiosender. Ihre Konsequenz hatte mir von Anfang an Respekt, ja Bewunderung abgenötigt. Vielleicht war ich auch ein wenig neidisch. In meinem Leben konnte ich eine annähernde Geradlinigkeit jedenfalls nicht feststellen. In einer liebenswerten Art war Lisa auch verrückt und kindisch. Es war an einem feuchtfröhlichen Abend gewesen, als sie vorschlug, wir könnten Manfred gemeinsam entführen. Weißt du, wie die von der RAF, hatte sie gesagt, dabei verwegen dreingeschaut und musste gleich darauf losprusten. Auch ich lachte mit. Fünf Minuten später aber kam sie erneut auf das Thema zu sprechen. Wir könnten es während eines gemeinsamen Urlaubs durchziehen, schlug sie vor, wir könnten Manfred betrunken machen und dann fesseln und ihn erst wieder freilassen, wenn er vor laufender Kamera seiner widerwärtigen Geschäftspolitik abschwört und sich entschuldigt bei allen Opfern, die er als Schreibtischtäter im Laufe der Jahre mit jedem Deal, jeder Spekulation, mit jedem die Gesellschaft und die Umwelt zerstörenden Investment hinterlassen hat. Und, sagte Lisa, er muss all seinen Opfern vollen Schadenersatz zahlen.

Bernd, Lisas damaliger und auch noch aktueller Freund, war dabei gewesen. Er nickte zu allem nur, es schien, als identifizierte er sich allen Ernstes mit diesen spätpubertären Revolutionsfantasien. Er, der einen Universitätsabschluss in Philosophie und Rechtswissenschaft hatte und seit Jahren in einem Fahrradgeschäft jobbte. Entschuldige, Karin, sagte er düster, aber Leute wie Manfred sitzen fett im Luxus und treten die Masse immer tiefer in die Armut. Und dann sein entscheidender Satz: Es muss endlich jemand den Mut aufbringen, Leute wie ihn zu stoppen. Ich verteidigte meinen Mann damals reflexartig, freilich mit den falschen Mitteln, sagte: Aber ihr mögt ihn doch, ihr geht doch aus mit ihm, feiert und trinkt mit ihm. Ja, sagte Lisa, aber damit müsste nun Schluss ein. Oberphilosoph Bernd freilich war es, dem eine Zitatvariation dazu einfiel: Es darf kein richtiges Leben geben im falschen. Daraufhin schwiegen alle, wir waren auch schon alkoholschwer. Ich jedenfalls, sagte Lisa nach einer Weile und in ihrer Stimme lag nicht Vorwurf oder gar Hass, sondern so etwas wie Mitleid mit mir, ich könnte mit so jemandem nicht mein Bett teilen.

Der Kommissar ließ einen Blick über die Dutzenden Bilder gleiten, die auf den beiden Wohnzimmerbords standen. Gibt es irgendjemanden aus Ihrem Bekanntenkreis, fragte er, dem Sie die Tat zutrauen, und sei es auch nur im Entferntesten?

Nein. Nein, auf keinen Fall. Das kann ich ausschließen. Ich sagte es ohne jedes Zögern.

Am Tag des Mordes hatte ich nach der Befragung durch den Kommissar nichts weiter getan, als ein paar traurige, teils peinliche Telefonate zu führen: mit Manfreds Sohn etwa, einem praktischen Arzt, der in meinem Alter war und mich von Anfang an nicht hatte ausstehen können. Mit seiner Ex Friederike, der seit der Scheidung still Leidenden. Meiner Mutter (Mein Gott, du armes Kind, es tut mir ja so leid). Meiner Schwester – sie hatte Manfred stets wegen seiner gold glänzenden Fassade misstraut und machte jetzt auf Mitleid.

Ich fühlte mich wie gerädert, war hundemüde und zugleich irgendwie fahrig. Zur Ablenkung schaltete ich die Abendnachrichten ein. Keine gute Idee. Was als Spitzenmeldung kam, hätte ich mir denken können. Es war noch nicht einmal einundzwanzig Uhr, als ich zu Bett ging. Ich wälzte mich lange hin und her, danach schlief ich schlecht. Verworrene Träume. Absurditäten. Unauflösbare Zeitschleifen. Messerstiche. Manfreds überraschte Augen.

Irgendwann nach Mitternacht stand ich auf, um im Badezimmer ein Glas Wasser zu trinken und eine Kopfwehtablette zu schlucken. Morgen, nahm ich mir vor, würde ich meinen Psychotherapeuten aufsuchen und ihm alles erzählen. Als ich in den Spiegel sah, verwarf ich das Vorhaben sofort wieder und beobachtete mich für einen Augenblick selbst mit Verwunderung. Ohne tiefere Absicht schob ich mein Gesicht nahe an den Spiegel und hob das Kinn – so, dass nur noch die Augenpartie im Blickfeld war. Kein Plan leitete mich, als ich ein Auge fokussierte und sogleich das Merkwürdige daran bemerkte. Ich besah nun das andere Auge und auch da, eigenartig, es war nicht meines. Ohne Zweifel, ich blickte nicht mir in die Augen, sondern in die gänzlich teilnahmslosen einer Unbekannten. Es erschreckte mich nur etwas, zeitgleich nahm ich kalte Neugier wahr und wich deshalb nur ein klein wenig zurück. In den Augen war keinerlei Erschrecken, keine Regung. Fältchen verliefen rund um diese Augen, müde Haut, Fremde. Ich schob das Gesicht wieder ganz nahe heran. Das eine Auge schien mich nicht wahrzunehmen, ebenso wenig das andere. Bemerkte mich diese Fremde im Spiegel gar nicht? Die Situation war unleugbar neu. Aber ich befand mich doch auf der sicheren Seite, nicht wahr? Ich war es gewesen, die an den Spiegel herangetreten war, ich war es gewesen, die hineingesehen hatte. Und an mir war es, zur Seite zu treten, dann würden diese fremden Augen, würde dieses fremde Gesicht verschwinden in der Tiefe der Wand. Die Augen und der Mensch im Spiegel hatten diese Möglichkeit nicht. Zweifellos, diese Frau im Spiegel war verloren, für mich aber stand nichts zu befürchten, nichts. Ich konzentrierte mich erneut auf ein Auge. Keine Regung. Es sah mich nicht. Hilflos schien es. Bedauernswert. Nur eine minimale Bewegung der Pupille, doch kein Erkennen. Auch beim anderen Auge nicht. Was aber, wenn sie mich doch plötzlich sahen? Was, wenn sie sich erschreckten? Oder wenn sie nur harmlos und unbeteiligt getan hatten, mich plötzlich anschreien, bedrohen, auslachen, überfallen würden? Auf mich einstechen, wie auf Manfred? Ach, wie viel Blut! Wie schrecklich viel Blut! Mit einem Mal verspürte ich Angst, wollte zurückweichen. Doch es war nicht nötig, die Augen der Fremden blieben kalt.

Sylvie Schenk

DAS DREISSIGSTE FOTO

Lou Hartig wohnte im Wärterhaus an der Bahn. Ich sei ihre Busenfreundin, sagte ihre Mutter. Für mich aber hatte das Körperliche in diesem Wort etwas Abstoßendes. Lou und ich hielten physisch Distanz. Nichtssagende Küsschen, theatralische Umarmungen wurden bei uns ausgeblendet. Dafür betrachtete ich sie oft durch den Sucher meiner Kamera und knipste seit der neunten Klasse schräge Bilder von ihr. Lou war fotogen und lächelte gern in meine Kamera. Ihre Familie arbeitete seit zwei Generationen bei der Bahn. Sie selbst war Zugbegleiterin gewesen. Kurz vor ihrem dreißigsten Geburtstag hatte sie einen schrecklichen Unfall, wohnte jetzt wieder bei ihren Eltern und hörte Musik. Anstelle der Popsongs, die wir früher beide gern gehört hatten, mochte sie nun Klassik, Lieder und sogar Opern. Sie hörte so bedächtig zu, dass ich mich überflüssig fühlte.

Ihr linkes Bein war unterhalb des Knies amputiert. Ihren Geburtstag hatte sie im Krankenhaus »gefeiert«. Ich brachte ihr ein Album mit neunundzwanzig Fotos von ihr, Schulfotos, Jugendfotos. Lou in der

166

Klasse, Lou im Schwimmbad, Lou am See, Lou auf dem Fahrrad, Lou im Haus ihrer Eltern, Lou lachend in einer Kneipe mit unserer Clique, Lou auf einer Party … Lou mit zwei Beinen.

Lou und ich waren elf Jahre alt, als wir uns in der ersten Stunde des Schuljahrs kennenlernten. Ich versuchte, Blicke aufzufangen, in der Hoffnung, dass sich jemand neben mich hinsetzen würde, blieb aber allein, bis ein Mädchen als Letzte angerannt kam und den leeren Platz neben mir erblickte. Sie hatte gerötete Backen vom Rennen und trug selbst geflochtene Armbänder. Sie holte ein Fläschchen Wasser aus der Schultasche und trank. Dann wischte sie den Flaschenhals mit dem Ärmel ab und bot mir davon an. Nach einem anderen aus derselben Flasche zu trinken, fand ich eklig, aber ich trank, ohne Durst, wie in Hypnose. Sie hieß Luzie und wurde schnell zu Lou. Sechs Jahre lang setzten wir uns in den ersten Stunden des Schuljahrs nebeneinander, aber am Tag darauf wurden wir jedes Jahr getrennt, eine in die erste Reihe, die andere in die letzte. Also schrieben wir uns. Wir schrieben über tausend Begebenheiten des Alltags, ein paar Worte nur, die einem plötzlich so wichtig erschienen, dass sie kein Aufschieben vertrugen. Man riss langsam und leise das Blatt aus dem Heft, faltete sorgfältig das Papier unter dem Pult, hielt dabei die Augen auf den Lehrer gerichtet, und dann wurde die Botschaft auf die Reise geschickt und, von Hand zu Hand, von hinten bis in die erste Reihe, kratzte ein Schüler den Rücken des Vordermanns, der sich kurz umdrehte und seine Hand hinter sich hielt, um das Zettelchen anzunehmen. Manchmal, wenn der Lehrer etwas an die Tafel schrieb, warf ein kühner Schüler das Geheimblatt, das rechtzeitig abgefangen wurde, über mehrere Reihen. Glücklich gelandet wurde es auseinandergefaltet. Es trug noch die Wärme von vielen schwitzenden Handkuhlen und die Fingerabdrücke der Hälfte der Klasse, ein Auseinanderfalten, das in seiner Behutsamkeit dem Liebkosen eines Felles, dem vorsichtigen Entwirren von Haaren glich. Im Sommer blieben wir beide daheim und schwammen im See. Wir hörten Popsongs, die Lou wie beim Karaoke mitsang. Ich mochte ihre warme Stimme. Manchmal sang ich auch mit, aber falsch, und sie stieß mir lachend in die Rippen.

Im Krankenhaus nahm ich mühsam die Umrisse ihrer Person unter dem Laken wahr (ach, die Lücke unterhalb des linken Knies), legte das Fotoalbum und eine Rose, die ich im Garten meiner Eltern gepflückt hatte, auf das Betttuch. Die Blume lag rot und abgeschnitten in der Mulde wie auf einem Kalenderbild. Lou schaute sich stumm das Album an, neunundzwanzig Fotos, sagte sie, wo ist das dreißigste? Oder hat mein Leben mit neunundzwanzig aufgehört? Ich lachte schief: Nein, Lou, und auch mit dreißig nicht.

Ich befragte sie verlegen zu dem Unfall. Ich erinnere mich nicht wirklich daran, sagte sie und schaute mich erwartungsvoll an, als hätte ich ihr alles erklären können. Sie glaube nur noch zu wissen, dass sie aus der Toilette herauskam, als der Zug hielt, und dass sie stürzte. Sie sei auf der falschen Seite ausgestiegen, gerade als ein Zug vorbeifuhr.

Hast du deine Kamera nicht dabei?, fragte sie. Du könntest doch die verschiedenen Phasen meiner Heilung dokumentieren.

Ich wollte dich heute nur sehen, Lou, sagte ich, wir machen das dreißigste Foto, wenn du nach Hause kommst.

Du siehst mich aber besser, wenn du fotografierst, erklärte sie. Bring das nächste Mal deine Leica mit. Du musst mich doch festhalten, mein Bein, meinen Zustand.

Ich erstarrte. Auch Lou schwieg jetzt und guckte zur makellos weißen Decke hoch. Es klopfte und ihr Freund Manuel kam herein. Lou und ich hatten Manuel bei einer Party kennengelernt. Er trug einen Ring im Ohr, rauchte Marihuana und flatterte von einem Mädchen zum nächsten. Ich hatte ihn bei der Hand genommen: Komm, hatte ich vorgeschlagen, lass uns ein bisschen tanzen. Gleich, hatte er gesagt. Seine nächste Station war Lou, und er hatte den ganzen Abend mit ihr gesprochen und getanzt.

Ich brachte eine Digitalkamera mit ins Krankenhaus. Ich fotografierte die Rose, die schon ein Blatt verloren hatte, und Lous Verband, eine enorme weiße Puppe, eine Mumie. Was mir am meisten wehtut, sagte Lou, ist, dass ich nicht mehr am See sitzen werde und zusehen, wie meine zehn Zehen aus dem Wasser hervorgucken. Das habe ich gern gemacht.

Ich spürte, wie meine Tränen meine Handkuhle nässten.

Als sie wieder zu Hause war, fuhr ich oft nach der Arbeit zu ihr, meine alte Leica in der Tasche. Ich schoss Schwarz-Weiß-Bilder, weil ich dachte, sie seien künstlerischer. An einem Abend sah ich, dass Lou an den Gleisen stand. Malven und wilde Astern blühten zu ihren Füßen. Ihr Gesicht fest entschlossen (wozu?), Kinn nach vorn, spähte sie durch halb geöffnete Augen. Ich hielt den Atem an: Ein Zug ratterte heran, ich bekam weiche Knie, wollte mich schon auf sie stürzen. Dann sah ich, dass sie schrie. Ich konnte keinen Laut heraushören, so ohrenbetäubend donnerte der Zug vorbei, aber mit aller Kraft schrie sie Wörter heraus, Silben, die von dem höllischen Krach zerhackt und verschluckt wurden. Um sie herum zerbarst die Luft, es dröhnte in meinem Kopf, der sich mal zum

Zug, mal zu Lou hindrehte, ein endloser Güterzug war es, ein Schrecken ohne Ende, und ich schoss wie in Trance ein Bild nach dem anderen. Als der Zug vorbeigerauscht war, machte Lou den Mund zu, ihre Arme fielen wieder an ihrem Körper herunter, und sie blieb wie erstarrt. Allein ihre Brust hob und senkte sich, während die Büsche auf der anderen Seite der Gleise langsam aufhörten zu zittern. Man hörte einen Vogel drei klare Noten aus einem weiteren Busch fiepen. Lou lächelte, und ich, bezaubert von diesem lichten Lächeln, dachte mit Erleichterung: Das ist ihre Therapie. Sie brüllt die Züge an, es ist ihre Art, gegen ihr Unglück anzugehen.

Schon brauste ein Intercity heran, und wieder sah ich Lou die Arme heben und ihren Mund öffnen. Als der Zug verschwunden war, hörte ich die letzten Töne: Lou hatte nicht geschrien. Gesungen hatte sie. Laut, sehr laut gesungen, denn die letzten Noten des Liedes drangen in mich hinein und ließen mich erschauern.

Seit wann machst du das?

Lou schaute mich kaum erstaunt an.

Seit wann spionierst du mir nach?

Sie lachte hämisch und antwortete selbst: Seit wir uns kennen. Sie warf einen Blick auf meine vom Hals herabbaumelnde Kamera. Du kannst es nicht lassen, sagte sie.

In ihrem Zimmer entledigte sich Lou ihrer Prothese, die sie schmerzte. Sie tat es ungeniert, als würde ich jeden Tag eine junge Frau sehen, die ihr Bein abstreift. Sie seufzte:

Ich kann nur im Lärm der Züge singen, ich versuche sie zu übertönen. So zu artikulieren, dass ich noch mein eigenes Wort verstehe.

Vielleicht solltest du Unterricht nehmen?

Nein. Ich stelle mir etwas anderes vor.

Ihr Gesicht hellte sich auf, als sie von ihrem Gesang erzählte. Es passierte, sagte sie, in einem alten Personenzug, kurz vor dem Unfall. Ich musste zur Toilette …

Auf der Toilette habe sie sich hingesetzt und dem Kreischen, Surren, Quietschen, Grölen des Zuges zugehört, musikalischen Vibrationen, die sie instinktiv mit der Stimme nachgemacht habe. Sie habe sich selbst über die Kraft und die Wärme ihrer Stimme gewundert. Ich begann zu singen, sagte sie, und, anstatt die Reisenden zu kontrollieren, bin ich auf der Toilette geblieben, bis der Zug anhielt. Ja, ich würde Sängerin werden; meine Aufgabe im Leben war es nicht, Fahrkarten zu überprüfen, sondern Lieder in die Welt zu schicken, Lieder.

Lou lag auf ihrem Bett mit ihrem Kunstbein in den Armen. Ich hörte ihr verblüfft zu. Lou hatte immer schön gesungen, in der Schule, bei Feten, aber niemand hatte ihre Stimme wirklich wahrgenommen.

Einige Monate vergingen. Manchmal versuchte ich, mit nur einem Fuß zu radeln. Ich hielt es fast fünf Minuten aus. Abends ging ich in Lokale, wo ich unsere ehemaligen Freunde traf. Manuel flirtete mit einem neuen Mädchen. Mit den Jahren hatte ich zugenommen, meine Figur und mein schwammiges Gesicht unter dem fahlen Haar vermied ich im Spiegel anzusehen. Man lobte meine Bilder. Als ich dann wieder zum Wärterhaus fuhr, weinte Lous Mutter. Sie erzählte, Lou sei nach Paris gefahren, sie wolle dort vorsingen, das sei verrückt, eine Karriere als Sängerin, warum mache sie solche Sachen? Zwei Sterne stiegen am dunklen Himmel auf, und ich erinnerte mich an das Piercing, das Lou sich mit achtzehn im Nabel hatte anbringen lassen.

Ich schlief in ihrem Zimmer.

Ich saß auf der Bettkante und schaute mich um. All ihre Sachen waren mir vertraut, aber ohne Lou veränderte sich mein Blick. Es fiel mir auf, wie nüchtern und karg das Zimmer wirkte. Ich betrachtete mich im Spiegel ihres Kleiderschranks. Ohne Lous Silhouette im Hintergrund kam ich mir vor, als hätte ich sie verschluckt.

Die Matratze war in der Mitte durchgelegen. Ich schmiegte mich, so gut ich konnte, in die Mulde, die Lous Körper hinterlassen hatte. Und spürte ihre Gegenwart an meiner Wirbelsäule. Ich versuchte, an Lous Kopfkissen ihren Geruch zu riechen, aber es roch nur ein bisschen muffig.

Drei Wochen später ließ ich mich krankschreiben und fuhr nach Paris.

Im Hotel fotografierte ich das Bett, die mit rosa Blümchen verzierte Tapete, das Nachttischchen mit der Lampe. Diese riesige Stadt um mich herum machte mir Angst, mein Französisch war schlecht, wie konnte ich mit einem Produzenten sprechen? In einem Nachtclub nach ihr fragen? Ohne Lou war ich unfähig, Lou zu suchen. Vor dem Centre Beaubourg knipste ich Italiener, Japaner, einen Feuerschlucker, einen Porträtmaler, ich drückte auf den Auslöser, so, als könnte er mir Lou heranklicken, als legte ich damit eine winzige akustische Fährte. Dann schaute ich mir wie gebannt eine Ausstellung von Sophie Calle an. Mir brannten die Augen.

Am Seineufer stritten sich Clochards um eine Flasche Fuselwein. Ich erkannte im zerfurchten Gesicht einer Pennerin Lous Zukunft. Ich zoomte sie heran und floh weiter stromaufwärts. Das Wasser war dunkel, an der Oberfläche schwamm Laub. Ein Tennisball lag am Ufer, fehl am Platz und doch ein Punkt am Ende einer Spielwelt.

Fünf Tage lang fuhr ich nach Saint Germain, Montparnasse, Saint-Michel, zur Insel Saint Louis, nach Montmartre, ich fuhr mit dem Bus und der Metro durch zwanzig Arrondissements und besuchte abends mehrere Kneipen, Clubs und Restaurants mit Chansonprogramm auf der Rive Gauche. Ich zeigte überall Fotos von Lou und niemand erkannte sie.

Am sechsten Tag, als ich abends zum Hotel zurückfahren wollte, habe ich sie gefunden.

Sie saß auf einem Barhocker in der Metrostation République. Zu ihren Füßen lag ein Hut. Ich könnte nicht sagen, was sie sang, es gab keinen erkennbaren Stil der Melodie, keinen klassifizierbaren Rhythmus, sie sang deutsch, nicht immer ganze Sätze, manchmal wiederholte sie nur ein Wort, sie sang mit geschlossenen Augen ihre Geschichte. Oberhalb hörte man das Vibrieren der Züge, und hier die Schritte der Leute, die schwatzend vorbeigingen, und doch glich die Stimmung um Lou herum einer Verschwörung, als ob die vielen Menschen, die ihr zuhörten, sich nur für sie hier eingefunden hätten.

Ich riss ein Blatt Papier von einem Block und schrieb ihr alles, was ich ihr schon bei meinem ersten Besuch im Krankenhaus hatte sagen wollen. Ich faltete das Blatt sorgfältig zusammen, dann steckte ich es zusammen mit dem dreißigsten Foto in einen Umschlag und vertraute meine Botschaft einem Farbigen vor mir an. Der Umschlag solle bitte in dem Hut der Sängerin landen. Er klopfte an den nächsten Rücken, dessen Besitzerin sich erstaunt umdrehte, er wiederholte den Auftrag, zeigte noch auf mich, dann auf den Hut vorn, die Dame reichte meinen Brief an einen jungen Mann weiter, der ihn dann achselzuckend in den Hut legte.

Ich ging und stellte mir vor, wie Lou das unglaubliche Foto ansah, meinen Zettel öffnen, meine Schrift erkennen und sich verblüfft fragen würde, wofür ich sie denn um Verzeihung bäte, wie sie weiterlesen und endlich erfahren würde, dass ich am Tag des Unfalls in ihrer Nähe gewesen war, ja, dass ich ihr gefolgt war, dass ich sie fotografiert hatte, als sie aus der Toilette kam. Der Zug hielt gerade, sie wurde vom Blitz geblendet, als sie die falsche Tür öffnete, und anstatt sie zurückzuhalten, hatte ich noch ein Bild geschossen, als sie stolperte und ins Schwarze fiel. Das dreißigste Foto.

Cordula Simon

GEHRLEINS FRAU

»Sehen Sie, ich erkläre Ihnen die Welt, so simpel wie nur möglich«, sagte Markus Gehrlein. Der Blick des Besuchers glitt über die staubigen Regale, voll mit Büchern und technischem Inventar, das wie eine kleine Armee metallener Tierchen anmutete. »Sehen Sie«, sagte er wieder, »wenn wir davon ausgehen, dass das Universum vorherbestimmt ist, von den größten Menschen, die je gelebt haben oder den größten Tieren, von Dinosauriern bis zu den Ameisen oder winzigsten Pantoffeltierchen«, sitzend, er hatte die Beine übereinandergeschlagen, ließ einen seiner Pantoffel baumeln, »dann gibt es keine Notwendigkeit für den Menschen, Mensch zu sein. Aber Schicksal ist ein unschöner Begriff. Sehen Sie, ich bevorzuge, es Programmiertheit zu nennen. Wenn Sie den Ablauf in einem Ameisenhaufen kennen, dann ist Ihnen klar, dass er Mustern folgt, nichts anderes trifft auch auf Menschen zu.« Der Besucher nickte stumm. Markus Gehrlein lächelte. Er wusste nicht, wie viel er erklären musste, denn er hatte all das in seinem Weblog ausführlichst dargelegt. Markus Gehrleins

Frau betrat den Raum, mit einem Tablett mit Kaffee und Keksen. »Sehen Sie, das ist mein Meisterstück.« Er tätschelte seiner Frau den Hintern, sie entgegnete: »Lass das.« Sie stellte die Tassen auf den Tisch. »Mein Meisterstück, so wie sie eben programmiert ist. Wie eine Prothese funktioniert alles, alles eine Reaktion auf ein Signal, meine Verlängerung, meine Extremität ist sie.« Er lächelte, sie schüttelte den Kopf. Sie verließ den Raum wieder. Die Milch hatte auf dem Tablett keinen Platz gehabt. Der Besucher löffelte Zucker in seine Tasse. »Und schrecklich weiblich ist sie. Ein Zufallsgenerator, sehen Sie, ein Zufallsgenerator, der sie manchmal willkürlich ihre Meinung ändern lässt.« Nun grinste Markus Gehrlein, davon ausgehend, dass er mit dieser Aussage seinen Besucher wirklich beeindruckt hatte. Der andere nickte, langsam und bedächtig in seine Tasse starrend. Er brauchte keine Milch. Markus Gehrlein war sich nicht sicher – er lächelte aber immer noch –, ob der Gast verstand, um welch revolutionäres Meisterwerk es sich handelte. Der gelungene Nachbau neuronaler Schaltkreise. Das Problem war doch, das predigte Markus Gehrlein schon lange, dass viele Programmierer die technischen Möglichkeiten ignorierten und die Techniker die digitalen. Dass eine Magnetspule nicht der einzige Kern sein konnte, das übersahen die einen, und die anderen, dass ein komplexer Algorithmus ohne Antrieb nicht taugte. »Ich hätte auch ein Schaf machen können«, sagte Markus Gehrlein. Man konnte doch alle möglichen Hüllen für etwas derartiges heranziehen. Derartiges konnte man im Internet bestellen. »Sehen Sie«, sagte er weiter, »sehen Sie, ich habe das neuronale Zentrum nicht im Kopf platziert, sondern gleich dort, wo sich sonst der Magen befände. Auch ohne Kopf würde sie funktionieren. Ich könnte ihn einfach abschrauben.« Er tippte mit der Hand die Maus seines Computers an, der Bildschirmschoner verschwand, er gab ein paar Wörter in die Suchmaschine ein. »Ein kopfloser Roboter, das haben wir auch hier.« Die Seite lud, zeigte dann aber nur den Error 404. »Nun ja, der kopflose Roboter hat für gewöhnliche Menschen auch etwas schrecklich Unbequemes. Einen Grusel, wie vor einem kopflosen Reiter. Aber natürlich nicht, wenn man sich darüber im Klaren ist, was man vor sich hat, dass es kein Mensch ist.« Markus Gehrlein zuckte mit den Schultern. Seine Frau kam wieder mit dem Milchkännchen. Es war ein klassisches, fragil wirkendes Kaffeeservice, das sie benutzten. Auch ihre dünnen Finger schienen dem Gast fragil. Sie setzte sich auf einen freien Stuhl, griff ihrerseits nach einer Tasse, kippte Milch hinein. »Ja, Sie sehen richtig. Sie isst und trinkt auch.« Markus Gehrlein lächelte seine Frau an. Sie presste die Lippen zusammen, zog die Mundwinkel ein wenig nach außen und blickte betroffen zu Boden, schluckte und schenkte dem Gast einen gutmütigen Blick. Der Besucher stellte seine

Tasse zurück auf das Tablett, Markus Gehrlein und seine Frau beugten sich gleichermaßen nach vor und taten es ihm nach. »Ich werde nun wohl gehen«, sagte der Gast, sie werde ihn noch nach draußen begleiten, meinte Markus Gehrleins Frau, sie rieb ihre Hände an ihren Knien und griff nach dem Tablett. »Beeil dich, bevor du es dir anders überlegst.« Markus Gehrlein nickte ihr zu, wieder lächelte sie das gutmütige etwas verkniffene Lächeln, diesmal in Markus Gehrleins Richtung. Der Besucher folgte ihr den Flur entlang, während Markus Gehrlein sich wieder seinem Bildschirm zuwandte. Sie stellte das Tablett in der Küche ab und öffnete ihm schließlich die Haustür. »Sie sollten morgen in mein Büro kommen. Etwa gegen zehn, ginge das?«, sagte er zu ihr. Sie nickte, der Gast zog seine Jacke an und trat auf die Straße.

Markus Gehrlein war in der Zwischenzeit in die Küche gegangen, fragte bei ihrer Rückkehr, was es zu Essen gebe. »Nudelauflauf«, antwortete sie. Er schüttelte den Kopf. »Den isst du doch so gerne.« Sie strich ihm die Stirnfransen aus dem Gesicht. Sie würde ihm wohl bald wieder sagen, dass er zu alt sei, um eine Frisur wie ein Teenager zu tragen, würde ihm hundert Mal sagen, dass er zum Friseur gehen sollte. Nudelauflauf. Darauf war sie programmiert. Er wusste gar nicht mehr, wann er angefangen hatte sie zu mögen. Vermutlich bevor sie in Betrieb genommen war. Schließlich konnte er alles, was er mochte in ihren Algorithmus packen. Aber so sehr mochte er Nudelauflauf eben doch nicht. Vielleicht hatte er sich verschätzt. Möglicherweise sollte er einiges an ihr ändern. Er tadelte sich in letzter Zeit häufiger für die emotionale Verbindung, die er hatte entstehen lassen. Sagte er ihr aber nun, dass er Nudelauflauf weniger häufig wollte, würde sie ihn vielleicht nie mehr machen. Auch das wäre bedauerlich. Vielleicht war sie für ein gewöhnliches Zusammenleben zu simpel gestrickt. Aber alles verläuft nach Mustern, das wusste er doch und er hatte hier eventuell ein zu simples Muster gestrickt. Zwei glatt, zwei verkehrt, dachte er, R2 und D2, seufzte er und überließ sie ihrer Küchentätigkeit. Dabei hatte er doch versucht sich immer vor Augen zu halten, dass geringes Mitgefühl für den Roboter wichtig war. All jene Robotologen, die meinten, dass man künftig für Roboterrechte kämpfen müsse wie für Tierrechte, hatten doch einen Dachschaden. Wenn Roboter im Krieg zum Einsatz kamen, war doch alles in Ordnung, wenn der Roboter vernichtet wurde und die Soldaten überlebten. Dass Soldaten dem armen Roboter hinterherjammerten, durfte nicht sein. Er setzte sich zurück an seinen Computer. Er hätte, statt von ihr begeistert zu sein sich vor Augen halten müssen, dass sie ein auf einem elektromechanischem Wandler basierter elektromechanischer Wandler war. Nichts weiter. Seine Extremität. Eine Verlängerung seines Körpers, die seinen Haushalt erledigen konnte, die nachts neben ihm warm im Bett lag.

Sie betrat sein Büro, das Milchkännchen stand noch auf dem Tisch. Er betrachtete sie. »Was ist der Sinn des Lebens?«, fragte er. »Liebe ist der Sinn des Lebens.« Sie lächelte ihn an. »Das will ich wohl nicht hoffen«, raunte er, während er sich wieder zu seinem Schreibtisch umdrehte. Er hätte sie etwas Originelleres sagen lassen sollen. Zweiundvierzig zum Beispiel. Aber auch diese Antwort war bereits zur Genüge ausgelutscht. Sogar einen Herzschlag hatte er ihr gegeben. »Sogar einen Herzschlag habe ich dir gegeben«, sagte er wieder in Richtung des Computers, sie wischte mit einem Geschirrtuch über den Tisch. »Ja, mein Herz schlug wie verrückt, als wir uns zum ersten Mal unterhielten.« Sie richtete sich auf und lächelte ihn an. »Aber der Herzschlag ist doch fake«, sagte er, ohne sich umzudrehen, war aber sicher, dass sie enttäuscht aussehen musste. Warum hatte er sie so emotional gestaltet, wäre es nicht so, wäre er selbst ihr gegenüber nicht so emotional. Sogar dreißig verschiedene Krankheiten hatte er ihr mitgegeben. Dreißig Wehwehchen, über die sie jammern konnte. Die Imperfektion als Zeichen der Perfektion.

Das Herz, das ist der Motor des Körpers, und was ist des Motors Motor? Was hält den Motor am Laufen? Ein Magnet. Und hätte er das nun alles tatsäch-

182

lich ausgesprochen, dann hätte sie vielleicht wieder gelächelt und von altem Magnetismus zwischen ihnen beiden gesprochen. Ja, berechenbar war sie, bis auf die wenigen von ihm festgelegten Ausnahmen.

Sie ging auf ihn zu, strich ihm, diesmal von hinten, die Haare aus dem Gesicht: »Du solltest sie wieder einmal schneiden lassen. Komm essen«, sagte sie. »Ich wusste, dass du das sagen würdest. Wenn du doch nur echt wärst.« »Ich bin echt.« Sie nahm die Hand von seiner Stirn. »Du weißt, was ich meine«, sagte er, »Echt, im Sinne von ein Mensch.« »Ich bin ein Mensch.« Sie sprach etwas lauter. Das schien die einzige Nachricht zu sein, die ihr neurologischer Aufbau nicht zu verarbeiten vermochte. Zu akzeptieren, dass sie eben eine Maschine war. »Du weißt, dass ich das nicht böse meine. Du bist das Großartigste in meinem Leben. Das Großartigste, was ich je gemacht habe.« Er drehte sich um und legte die Hände um ihre Hüften. »Du hast mich nicht gebaut, bitte, erinnere dich doch, wir haben uns auf der Robotikausstellung vor sechs Jahren hier in der Stadt kennengelernt, kannst du dich nicht erinnern? Oder willst du dich nicht erinnern? Wir haben über einer einzigen Tasse Kaffee ewig über den Roboterhund gesprochen, weil keiner von uns aufstehen wollte um im Selbstbedienungscafé Nachschub zu holen. Du mochtest mich doch sofort. Erinnere dich, bitte.« Sie strich ihm dabei über das Gesicht. Warum hatte er auch das getan, ihr eine Geschichte eines Kennenlernens eingebläut. Ja, er war auf der Ausstellung gewesen und ewig bei einer Tasse Kaffee gesessen, während er Notizen in sein Buch machte dazu, wie sie werden sollte. Wie sie zu werden hatte. Warum musste er ihr auch eine solche Geschichte geben? Vielleicht würde sie eher akzeptieren, was sie war, wenn er ihr nur nicht so viele Erlebnisse mitgegeben hätte. Warum hatte er ihr nicht einfach die Wahrheit eingespeichert, dass er etwas in seinem Haus haben wollte, das sich um die Kleinigkeiten kümmerte, sich um ihn kümmerte und sich auf keinen Fall darum scherte, dass sein Leben seine Arbeit war. Richtige Frauen eigneten sich nicht dafür. Zudem interessierten sie sich nicht für ihn. Von der Schulzeit bis zur Gegenwart hatte sich das gezogen und er hatte mit dem Begreifen der Tatsache, dass für ihn nur taugte, was er selbst zusammenstellte, sich auch damit abgefunden. Nur eines war relevant: die Entwicklung von dem, was ihr ähnlich war. Dass sie nur sein Werk war. Dass er eine Begleitung wollte in seinem täglichen Leben, die das akzeptierte. Sie war wahrhaft sein Meisterwerk, aber sie erwies sich in letzter Zeit eher als Störfaktor. Keines seiner späteren Projekte reichte an sie heran. Nichts funktionierte. Als hätte er sein geschicktes Händchen verloren. Er hätte einen Delete-Mechanismus für Korrekturen dieser Art einbauen sollen. Dieser sollte dringendst aktiviert werden. Oh, auch Menschen hatten gelöschte Abende, aber so einfach wie mit Alkohol würde es nicht sein.

Er würde sie auseinandernehmen müssen. Er würde das alles ausbessern müssen. Dann würde er für Folgeprojekte seine Ruhe haben. »Essen wir«, seufzte er. Er würde morgen früh mit der Planung der Korrekturen beginnen. Sie stocherten beide stumm im Nudelauflauf. Bei Mahlzeiten spiegelte sie stets sein Verhalten, er blickte auf, und sie würde gleich aufblicken. Die Sensorik war einwandfrei.

Als sie später im Bett lagen, hatte er bereits entschieden, dass er mit ihrer Neugestaltung beginnen würde. Er strich über ihre Haare, über ihre Wange, über ihren Hals. Sie würde die nächsten Wochen nicht für sexuelle oder diverse andere Aktivitäten zur Verfügung stehen. Er würde sich wieder hauptsächlich von Toast ernähren. Sie schob seine Hand weg. »Ach komm«, sagte er. »Tut mir leid«, sagte sie, »aber ich bin eben keine Maschine, die man einfach einschalten kann.« Die Ironie dieses Satzes würde sie nie verstehen und er schimpfte innerlich auf den Zufallsgenerator. Er hätte ein Kommando entwickeln sollen, mit dem er diesem Problem entging. Einen Satz wie zum Beispiel: »Warum bist du nicht nackt?« Er hatte viele Fehler bei diesem Prototypen begangen. Auch das Aussehen war nicht mehr ganz, was er sich heute wünschte. Mit dem Verlängern der Liste im Kopf, was er alles zu ändern hatte, schlief er ein. Als er aufwachte, lag sie nicht neben ihm. Er begann das Haus nach ihr abzusuchen.

»Wann hat das alles begonnen?«, fragte der Arzt. »Vor ein, zwei Monaten«, antwortete sie. Er konnte sehen, dass sie log: »Frau Gehrlein.« »Ich weiß nicht mehr genau wann.« Sie schluckte. Er notierte sich etwas in seinem Notizheft. »Wie verlief der Abend gestern noch?« Sie schüttelte den Kopf, antwortete aber trotzdem: »Er hat wieder versucht mir weiszumachen, dass ich eine Maschine sei, die er gebaut hat. Er ist mittlerweile völlig überzeugt davon.« Sie schluckte wieder, diesmal härter. Schniefte kurz, schloss die Augen. Als er aufsah, bemerkte er, dass sie feucht waren. Er stellte eine Schachtel mit Taschentüchern vor sie hin. Sie griff nach einem, tupfte vorsichtig die Augen ab, als wäre es wichtig, das Make-up zu erhalten. »Frau Gehrlein, ich halte es für vernünftig, Ihren Mann einweisen zu lassen.« Sie schüttelte erschrocken den Kopf, als hätte sie nicht damit gerechnet, dass er das sagen würde. »Schauen Sie mal, Frau Gehrlein, das ist jetzt bestimmt nicht einfach für Sie, aber Ihr Mann ist eine Gefahr für Sie. Gestern meinte er, dass Sie eine Maschine seien, die ohne Kopf funktioniert. Was, wenn er entscheidet, dass er Ihnen einen anderen Kopf aufsetzen möchte?«

»Aber er liebt mich doch. Auch wenn er mich für eine Maschine hält.« Sie schniefte wieder. Vielleicht waren es ihre Zweifel, aber sogar hier glaubte er Signale von Unaufrichtigkeit zu entdecken. Etwas zu glauben und etwas glauben zu wollen waren schließlich unterschiedliche Dinge. »Er glaubt, ich würde versuchen ihn zu manipulieren, immer wenn ich sage, dass ich ein echter Mensch bin«, erzählte sie weiter, als hätte sie erraten, was er in ihrer Stimme zu hören glaubte. »Das heißt, Frau Gehrlein, Ihr Mann fühlt sich von Ihnen bedroht? Dann ist es wohl tatsächlich höchste Zeit, ihn in das Institut zu bringen.«

Markus Gehrlein hätte niemals gedacht, dass sie so etwas tun könnte. Ohne Ankündigung das Haus zu verlassen. Sogar auf dem Dachboden hatte er nach ihr gesucht. Selbstverständlich konnte etwas nicht stimmen, denn sie hätte es ihm wohl gesagt, wäre sie einfach in den Supermarkt gegangen für die allwöchentlichen Einkäufe. Vielleicht hatte er versehentlich einen Virus in ihr Programm geladen, vielleicht war es auch nur ein Bug. Solange sie wieder nach Hause fand, war das auch völlig gleichgültig. Er machte sich tatsächlich Sorgen, aber ihr Navi sollte sie problemlos wieder herführen. Da stand sie auch bereits in der Tür, streifte ihre Jacke von den Schultern. »Ich möchte, dass wir morgen in die Innenstadt fahren«, sagte sie. »Wo warst du heute?«, fragte er und sie antwortete: »Eben in der Innenstadt. Es gibt dort Leute, die dich treffen wollen.« »In welcher Angelegenheit?« »Wegen mir, wegen der Robotersache.« Sie ging in die Küche und goss Wasser in den Wasserkocher. Sie war so täuschend echt, sie würde fremde Menschen davon überzeugen können, dass sie ein Mensch sei. Wenn sie das täte, würde ihm niemand mehr glauben und das bisherige Werk seines Lebens würde als schlechter Scherz in die Medien geraten. Aber warum sollte sie das wollen? Das wäre so, als wollte sie sich des gemeinsamen Lebens entledigen. Er würde sofort damit beginnen müssen, sie zu überarbeiten, aber sie würde sich vermutlich weigern, sich einfach so auf den Arbeitstisch zu legen. Er umarmte sie von hinten. »Komm«, sagte er »Ich will dir etwas zeigen«, und führte sie an der Hand ins Arbeitszimmer. Er fragte sich, was wohl wäre, wäre sie echt, wäre sie ein echter Mensch, er würde wohl einfach mit ihr schlafen, sagen, es tue ihm leid. Er sagte: »Es tut mir leid.« Das war, was ihr Programm hören wollte. »Setz dich.« Er warf sie auf das Sofa, küsste sie, sie wirkte verwundert, sie müsse doch kochen, sagte sie. Wenn er ihre Arme unter Kontrolle hätte, wäre der Rest einfach. Er hatte sie nicht außergewöhnlich stark konzipiert. Wieder küsste er sie: »Warte einen Moment hier.« Sie drehte sich nach ihm um, aber er lachte: »Nicht schauen.« Er ging zu einer der Schubladen, nahm eine metallene Kabelmanschette heraus. Diese würde reichen, um ihre Handgelenke zu fixieren. Er steckte sie in die Hosentasche und setzte sich wieder zu ihr auf das Sofa. Er küsste sie wieder, griff ihre Hände und führte sie – »Was tust du?« fragte sie – hinter ihrem Rücken zusammen. Doch die Manschette war schon eingerastet, ratterte kurz, als er sie enger stellte. Zufrieden grinste er sie an. »Was tust du? Mach es wieder auf! Bist du verrückt geworden?« Mit weiten Augen den Kopf wild wendend, versuchte sie abwechselnd hinter sich zu blicken und ihn anzusehen, Angst auszudrücken. Eine ausgesprochen menschliche Komponente, die er ihr da verpasst hatte. Aber er würde sich sein Leben nicht von einer Maschine ruinieren lassen. Von einem besseren Süßigkeitenautomaten. Nun packte er sie an der Hüfte, sie versuchte nach ihm zu treten, und legte sie auf den Schreibtisch. Verklebte ihr noch den Mund. Hätte er sie richtig programmiert, wäre sie gar nicht auf die Idee gekommen zu schreien, doch er hatte es im Ansatz erstickt. Die Hülle würde er erhalten, er würde erst die Hülle abnehmen, ihre Augen waren immer noch weit. Er setzte das Metallmesser an. Wozu hatte er auch die Leiterflüssigkeit rot gefärbt, er musste achtgeben, dass er sich nicht verätzte. Beinahe sah es aus, als hätte sie Blut über ihrem ganzen Gesicht. Er griff nach den Arbeitshandschuhen hinter sich. Wenn er zu tief schnitt, würde all die schöne Elektrik sich in ein Feuerwerk verwandeln. Sie würde sich in ein Feuerwerk verwandeln.

Sie würde wieder aufstehen, sie würde wieder aufstehen und es ihm zeigen, dem Schöpfer, dachte sie spöttisch, als sie die Augen schloss, dem Schöpfer.

Stefan Slupetzky

SPECHT NUMMER 30

Mein Name ist Karol Harms, und heute Nacht habe ich Klaus Wegenar ermordet.

Wegenar und ich, das ist eine lange Geschichte, die vor dreißig Jahren begann. Wir waren damals beide dreizehn und besuchten ein Gymnasium, in dem sich – aufgrund seines eigenwilligen Lehrplans – die Schüler der bislang drei zweiten Klassen in zwei neu formierten dritten wiederfanden: hier die sogenannten Humanisten, da die sogenannten Neusprachler. Die einen mussten sich fortan der höheren Mathematik widmen, die anderen der französischen Sprache.

Wegenar und mich hatte es zu den Franzosen gezogen.

Ich kann nicht behaupten, dass wir einander nicht mochten – dazu waren wir, wie sich bald herausstellen sollte, viel zu ähnlich. So wie ich war er der stille, schüchterne, wenn auch (vor allem in Bezug auf Mädchen) schwärmerische Typ. Wie ich mochte er Jazzmusik und Tischtennis, während er kurze Hosen und Lakritze, Zimmerpflanzen, Wichtigtuer und Spaziergänge verabscheute.

Für einige Wochen waren wir sogar befreundet, machten Hausaufgaben miteinander, trafen uns am Nachmittag im Park und rauchten unsere ersten Zigaretten.

Aber dann geschah die Sache mit dem Specht.

Im Fach Naturkunde waren wir bis zu den Vögeln fortgeschritten, und so schickte uns der Lehrer eines Tages mit der Anweisung nach Hause, nach dem Wochenende ein Objekt zum Thema der picidae (also Spechte) in den Unterricht mitzubringen. Das konnte eine Zeichnung, ein Foto oder eine Tonaufnahme sein – erlaubt war alles, was mit Spechten zusammenhing.

Normalerweise war die Klasse nicht sehr motiviert, was solche Aufgaben betraf. Man tat, wenn überhaupt, das Nötigste. Auch diesmal machten die Kollegen überwiegend Dienst nach Vorschrift. Gruber beispielsweise, dessen Vater eine Tischlerei besaß. In der folgenden Biologiestunde zog Gruber eine Handvoll Sägespäne aus der Tasche und behauptete, er habe sie nach stundenlanger Suche unter der Nisthöhle eines Buntspechts aufgesammelt. Oder Horak, der dem Wellensittich seiner Eltern ein paar Federn ausriss, um sie dann als Schwanzfedern des Zimtkopfspechts zu präsentieren. Auf den Einwand unseres Lehrers, dass der Zimtkopfspecht nicht nur sehr selten, sondern ausnahmslos am Fuß der Anden aufzufinden sei, erklärte Horak, sein Brieffreund, ein peruanischer Indio, habe ihm die Federn geschickt.

Ich selbst witterte (und das kam eher selten vor) die Chance, mir einen schulischen Pluspunkt zu verdienen. Mein Onkel war nämlich Tierpräparator, und auf meine Bitte hin lieh er mir einen ausgestopften Grünspecht, der die Budel im Verkaufsraum seiner Werkstatt zierte. Nicht ohne Stolz platzierte ich den großen Pappkarton auf meinen Tisch, in dem die taxidermisch konservierten Überreste meines picus viridis ruhten.

Auch Wegenar war mit sperrigem Gepäck erschienen; er schleppte ein riesiges würfelförmiges Objekt in den Klassenraum, über das er (gleich einem billigen Zauberkünstler) ein schwarzes Tuch gebreitet hatte. Als die Glocke läutete, warf er mir einen langen Blick zu, einen Blick, dessen Bedeutung ich erst später ganz begreifen konnte: lauernd, abschätzend, auf eine freundschaftlich vertraute Weise feindlich. Bis zur Matura würden wir diesen Blick noch öfter tauschen, und wir würden ihn im Andenken an unser erstes Mal als den Spechtblick bezeichnen.

Im Gegensatz zu den gefälschten Reliquien Grubers und Horaks wurde mein verstaubtes Präparat vom Lehrer akzeptiert, ja sogar als ein Zeichen akkurater Mitarbeit gelobt. Doch dann war Wegenar an der Reihe, und er schoss den sprichwörtlichen Vogel ab.

Als er das schwarze Tuch entfernte, ging ein Raunen durch die Klasse. In einem mit Laub und Rindenstücken ausgelegten und mit dem kräftigen Ast einer Pappel versehenen Käfig saßen zwei lebende Grauspechte (picus canus) und glotzten uns an.

Auch Wegenar hatte einen Onkel. Nur dass dieser einen Wildpark im westlichen Burgenland betrieb, in dessen Volieren die gefiederten Vertreter der heimischen Fauna ihr Dasein fristeten.

Unser Lehrer konnte seine Begeisterung kaum zügeln. Wegenar, daran war nicht zu zweifeln, würde bis zum Jahresende keinen Finger mehr für einen positiven Abschluss rühren müssen. Er hatte mich mit links besiegt, mehr noch: Er hatte mich gedemütigt.

In den nächsten Monaten herrschte gespannte Ruhe zwischen uns. Wir taxierten einander mit Argwohn: ein zusammengeschweißtes Gegensatzpaar. Dann, irgendwann im Spätherbst, kam es zu dem Wettbewerb im Park, zum zweiten unserer Spechte, wie wir unsere Privatscharmützel fortan nennen würden. Ein Grüppchen Schüler unserer Klasse hatte sich versammelt, um sich hinter einer dicht gewachsenen Holunderhecke im Trinken und Rauchen zu messen. Sieben Schachteln Hobby, eine Flasche Wodka und drei Doppelliter Rotwein waren unsere Sportgeräte. Nach gut einer Stunde gaben die ersten Teilnehmer auf, nach einer weiteren waren nur noch vier im Rennen: Gruber, Rettenbacher, Wegenar und ich. Der Rest saß schwankend und benommen auf dem Rasen, eingehüllt in den Geruch von kaltem Rauch und warmem, saurem Erbrochenem. Inzwischen hatten sich auch ein paar Mädchen aus der vierten eingefunden, um dem Kampf halb angeekelt, halb erregt zu folgen. Neben mir saß die schönste der möglichen künftigen Spielerfrauen (eine elfenbeinfarbene Nymphe mit tiefschwarzem Haar und Mandelaugen), die unweigerlich die dumpfen Blicke der verbliebenen Kombattanten auf sich zog. Sie hieß Marietta.

Gruber und Rettenbacher verzogen sich bald in die Büsche; Wegenar und ich bestritten das Finale. Ein Finale, das ich, angespornt von Mariettas Gegenwart, nach zähem, schier endlosem Ringen für mich entscheiden konnte. Wegenar kippte nach hinten, sein Mageninhalt schoss wie die Fontäne eines auftauchenden Wals nach oben, hing kurz in der Luft und klatschte ihm dann mitten ins Gesicht.

Specht Nummer 2 war mein Triumph.

Specht Nummer 3 war Marietta.

Meine Marietta, wie ich noch vor Einbruch des Winters behaupten durfte. Meine Freundin und – darüber gab es für mich keinen Zweifel – künftige Gemahlin Marietta. Regelmäßig gingen wir ins Kino oder in den Park, wo unsere kleinen roten Zungen, unsere halb erwachsenen Händchen taten, was sich unsere Unterkörper noch nicht trauten.

Als mich Wegenar nach zwei, drei Wochen wieder mit dem Spechtblick ansah, deutete ich das vollkommen falsch. Ich dachte, er beziehe sich auf unser jährliches Tischtennis-Schulturnier, in dessen Play-off er und ich zusammentreffen würden. Grund genug, um meine Zeit schon bald mit hartem Training statt mit meiner weichen Marietta zu verbringen. Und an einem trüben Dienstag im Dezember trat ich zuversichtlich zum Duell im Turnsaal an. Ich wärmte tänzelnd auf und wartete auf meinen Kontrahenten. Wartete die vorgeschriebene Viertelstunde, um dann kampflos in die nächste Runde aufzusteigen. Grübelnd und gebeugt wie ein Verlierer trottete ich heim und rief Marietta an. Sie hatte sich gerade von Klaus Wegenar entjungfern lassen.

Bis zur Matura fochten wir siebenundzwanzig Spechte aus, danach sank die Frequenz dramatisch. Wir inskribierten an der Universität – ich Germanistik, Wegenar Philosophie. Selbstredend fanden wir uns beide irgendwann als Taxifahrer wieder, und so war es eine rote Ampel, die acht Jahre später zu Specht Nummer 28 führte. Unsere Wagen waren unverhofft Seite an Seite zum Stehen gekommen; einander erkennen, einander fixieren und den Spechtblick tauschen waren eins.

Die Sache endete unentschieden. Zwei demolierte Rückspiegel, vier schwer geschockte Fahrgäste, sechs aufgebrachte Polizisten. Unsere Führerscheine waren wir beide los.

Zwölf weitere Jahre zogen ins Land, in denen wir einander nicht begegneten. Inzwischen hatte ich zu jenem letzten halbwegs ehrbaren Beruf gefunden, den ein Germanist, der nicht mehr Taxi fahren darf, ergreifen kann: Ich war Schriftsteller geworden. Angefangen hatte es mit Zeitungskommentaren und Kurzgeschichten, später war das eine oder andere Theaterstück dazugekommen. Leben konnte ich davon nur recht und schlecht, auch setzten mir die steten öffentlichen Anfeindungen zu, die man als Schriftsteller in unserem Land ertragen muss (in Österreich werden Lehrer und Autoren grundsätzlich als Freiwild angesehen – die einen, weil fast jeder Bürger in der Schulzeit Lehrer hatte, die er hasste, und die anderen, weil sich fast jeder Bürger für einen verkappten Literaten hält, der, wenn er es versuchte, zehnmal besser schreiben könnte als die Dilettanten, die es wirklich tun). Aus diesen Gründen widmete ich mich schon lange einem Manuskript, das mittlerweile auf gut siebenhundert Seiten angewachsenen war und kurz vor der Vollendung stand. Mit diesem überragenden Roman, mit diesem brillanten Epos würde ich berühmt und reich werden; ich würde alles in den Schatten stellen, was seit Gutenberg geschrieben worden war.

An einem brütend heißen Sommernachmittag saß ich mit ebendiesem Manuskript (dem Original, weil ich kein Freund des Digitalen war und meine Texte auf der Schreibmaschine schrieb) im Wartezimmer jenes Wiener Buchverlags, dem ich die Ehre der Veröffentlichung zugedacht hatte. Ich wartete und schwitzte. Draußen klingelte es an der Tür, und wenig später trat ein Mann in meinem Alter ein.

Es war Klaus Wegenar.

Ein paar Minuten saßen wir einander schweigend gegenüber, musterten einander ausdruckslos. Dann fiel sein Blick auf die Hutschachtel, die neben meinem Sessel auf dem Boden stand.

»Na? Auch im Schriftstellergeschäft gelandet?«, fragte er.

»Gewissermaßen.«

Wegenar verzog den Mund zu einem Grinsen. »Eigentlich kein Wunder. Warum soll es einem arbeitslosen Germanisten anders gehen als einem arbeitslosen Philosophen?«

Nun musste auch ich schmunzeln. »Zum Schreiben braucht man wenigstens keine Lizenz.«

»Ganz richtig. Und man darf es auch betrunken tun.«

Wir lachten.

»Ein Roman?«, fragte Wegenar und deutete auf meinen Hutkarton.

»Ja.«

»Worum geht es?«

In kurzen Worten schilderte ich ihm den Inhalt meines Manuskripts.

Er nickte anerkennend. »Spannende Idee. Wär mir nicht eingefallen.«

»Und du? Wieso bist du hier?«

Wegenar zog einen dünnen Umschlag aus der Jackentasche. »Nichts Monumentales«, sagte er. »Nur eine Kurzgeschichte. Sie …« Er zögerte ein wenig und fuhr dann mit einem scheuen Lächeln fort: »Sie handelt von zwei alten Freunden, die einander vor fast dreißig Jahren begegnet sind …«

Auf einmal stand die Sekretärin in der Tür. »Herr Wegenar, wenn Sie jetzt bitte weiterkommen.« Und mit einem Seitenblick zu mir: »Sie sind dann gleich als Nächster dran, Herr Harms.«

Wegenar stand auf und trat zu mir. Er beugte sich zu mir herunter, um mich – scheu und linkisch – zu umarmen. »Viel Erfolg, Karol«, murmelte er. »Ich wünsch dir Glück.« Dann schritt er durch die hohe, gepolsterte Tür, nicht ohne sich noch einmal umzudrehen und mir einen letzten Blick zu schenken.

Einen Blick, der mir durch Mark und Bein ging.

Unseren altbekannten Spechtblick.

Ich sprang auf. Ich rannte wie ein Tier im Käfig hin und her und überlegte fieberhaft, um welche Art von Specht es Wegenar nun wieder gehen mochte. Glaubte er im Ernst, mein Siebenhundert-Seiten-Meisterwerk mit seiner Kurzgeschichte in den Schatten stellen zu können? Erst nach einer halben Stunde, als die Sekretärin wiederkam, um mich nun auch zum Chef zu führen, wurde mir klar, was Wegenar getan hatte: Ich bückte mich, um den Karton mit meinem Manuskript an mich zu nehmen, aber – er war nicht mehr da.

»Mein Gott! Er hat …«

»Ja, bitte?«, fragte mich die Sekretärin.

»Nichts.« Ich war so vor den Kopf gestoßen, dass ich auf der Stelle kehrtmachte und den Verlag verließ. Den Diebstahl anzuzeigen, hätte (jedenfalls nach meiner damaligen Einschätzung) nichts gebracht. Wie sollte ich beweisen, dass ich selbst den Text geschrieben hatte? Weder stand mein Name auf dem Manuskript noch konnte ich auf eine notariell beglaubigte Kopie verweisen. Sicher, ein gewissenhafter Richter hätte Wegenar und mich nach inhaltlichen Einzelheiten fragen und die Wahrheit ans Licht bringen können. Aber daran dachte (und vor allem: glaubte) ich in dieser Stunde nicht.

Das Buch wurde ein Misserfolg, wie ihn die Welt noch selten, der Verlag noch nie erlebt hatte. In den Feuilletons der größeren Zeitungen wurde es nobel totgeschwiegen, nur in einigen der kleineren Blätter gab es derbe Randnotizen, die zum Teil in pöbelhaften Schmähungen des Autors Wegenar gipfelten. Auch die Verkaufszahlen waren niederschmetternd; der Verlag, der einen Batzen Geld in die Bewerbung des Romans gesteckt hatte, stand bald vor dem Bankrott.

Specht Nummer 29 war also ein Waterloo für alle: Der Verlag entließ den Großteil seiner Mitarbeiter, Wegenar war bloßgestellt, sein Name nachhaltig diskreditiert und ich – ich konnte nicht mehr schreiben. Immerhin war es ja mein Roman gewesen, den man – wörtlich! – als verkorksten, unlesbaren Dreck bezeichnet hatte.

Nicht, dass ich es nicht versuchte. Aber mein zerstörtes Selbstbewusstsein ließ nicht zu, dass ich auch nur zwei Zeilen zu Papier brachte. Schon nach der ersten kam ich mir wie eine pestverseuchte Ratte vor, die mutwillig in den erhabenen Quell der Dichtkunst scheißt.

Vor einer Woche kam dann dieser Anruf des Verlegers, dessen einst florierender Betrieb zu einem unbedeutenden Drei-Mann-Büro geschrumpft war. Dass er aus den alten Akten meine Nummer ausgegraben hatte, lag wahrscheinlich daran, dass ihm alle halbwegs ernst zu nehmenden Autoren (der Großteil war schon lange zu potenteren Verlagshäusern gewechselt) einen Korb gegeben hatten. Jedenfalls bot er mir die – bescheiden honorierte – Mitarbeit an einer Kurzgeschichtensammlung an. Mein Text sollte rund fünfzehntausend Zeichen lang sein und das Wort dreißig enthalten.

»Wissen Sie, Herr Harms, trotz mancher Rückschläge ist unser Haus bald dreißig Jahre alt. Wie könnten wir das besser feiern als mit einem Buch? Sind Sie dabei? Wir würden uns sehr freuen.«

Ich sagte zu. Warum? Weil ich das Geld brauchte. Und weil mir Wegenars Antwort auf die Frage nach dem Inhalt seiner Kurzgeschichte wieder einfiel: Sie handelt von zwei alten Freunden, die einander vor fast dreißig Jahren begegnet sind …

In Wegenars winziger Wohnung herrschte Dunkelheit. Ich stieg durch eines der Fenster ein (nein, ich bin kein Fassadenkletterer, die Wohnung liegt im Souterrain) und knipste meine Taschenlampe an. Soweit ich wusste, arbeitete Wegenar seit seinem literarischen Ruin als Nachtwächter in einem Einkaufszentrum (ein typischer Beruf für Philosophen ohne Taxischein, die in der Buchbranche bestenfalls als ansteckende Krankheit gelten), trotzdem hatte ich zur Sicherheit die alte Luger Parabellum meines Urgroßvaters eingesteckt, um mich im Notfall wehren zu können.

Eigentlich trat dieser Notfall gar nicht ein. Genau genommen trat ich in den Notfall ein, weil er mich nämlich schon erwartet hatte, dieser Notfall: Kaum, dass ich die Taschenlampe eingeschaltet hatte, fiel ihr Lichtkegel auf Wegenar, der in der Mitte seines jämmerlichen, nach billigem Rotwein und Schimmelpilz muffelnden Zimmers stand.

Er sah mich müde an, in seinen Augen waren alle Kampfeslust und aller Übermut erloschen.

»Hier sind wir also«, sagte er.

»Nach dreißig Jahren«, nickte ich, »und neunundzwanzig Spechten.«

»Dreißig«, meinte Wegenar.

»Was dreißig?«

»Dreißig Spechte. Und mehr werden es auch nicht.« Mit einer raschen Handbewegung griff er in die Innentasche seiner Jacke.

Ich war schneller. Es verblüffte mich, dass die gut hundert Jahre alte Luger noch immer funktionierte. Ein flüchtiger, nicht wirklich heller Blitz, ein trockener, nicht wirklich lauter Knall, und Wegenar sackte zusammen.

Seinen letzten Atemzug tat er mit einem schadenfrohen Feixen im Gesicht. Dann lag er da, beinahe so, als hätte er sich totgelacht.

In seiner Hand lag keine Waffe, sondern jener dünne Umschlag, dessentwegen ich gekommen war. Der Umschlag mit der Kurzgeschichte. Noch am Tatort, über seiner Leiche, öffnete ich ihn und zog das Manuskript heraus. Im Schein der Taschenlampe fing ich an zu lesen:

Specht Nummer 30

Mein Name ist Karol Harms, und heute Nacht habe ich Klaus Wegenar ermordet.

Judith W. Taschler

OPERATION MOZARTKUGEL

> *Der Sanftmütige wird nur im*
> *Zorn erkannt.*
> Aus Tausendundeiner Nacht
> (79. Geschichte)

Mauretanien, Land der Wüstensteppe, in der Strau-
ße, Warzenschweine und Falbkatzen herumstolzie-
ren, grunzen und schleichen, Land der weißen Sand-
dünen, Land der ausgedehnten Salzsümpfe, Land der
Oasen mit Dattelpalmen und Affenbrotbäumen,
Land der Dornsavanne mit ihren Herrschern, den
Elefanten, Löwen, Antilopen, Hyänen und Leopar-
den, Land der Nomaden, Land der Mädchenmäs-
tung. Darüber sollte ich für einen Wiener Verlag,
der neben Belletristik auch Reiseliteratur verlegte,
das Buch *Lesereise Mauretanien – Der Nomade, der
mit dem Skorpion flüstert* schreiben.

  Verschiedene Informationsquellen rieten mir, unbedingt zu versuchen, mit Scheich Ibrahim Mustafa
Omar Ibn Mohammed Ali al Assaba Kontakt aufzunehmen, er sei im Süden Mauretaniens eine zentrale

Figur, eine charismatische Persönlichkeit, jemand, der sich sehr um den Aufbau und die Modernisierung des Landes kümmere.

In Nouakchott, der Hauptstadt Mauretaniens, landete ich, am nächsten Tag flog ich nach Kiffa, der Provinzhauptstadt der südlichen Region Assaba, weiter, wo mich ein kleines Privatflugzeug des Scheichs erwartete und bis zu dessen streng bewachtem Anwesen auf einem Plateau unweit eines Flussarms des Flusses Senegal brachte.

Scheich Ibrahim Mustafa Omar war tatsächlich eine charismatische Persönlichkeit. In seinem Arbeitszimmer begrüßte er mich mit einem warmen und festen Händedruck und einem herzlichen *Grüß Gott*. Ich überreichte ihm mein Geschenk, eine sogenannte Nostalgiedose, die dreißig Stück Mozartkugeln enthielt, und er freute sich sichtlich darüber; einer seiner Sekretäre hatte diesen Wunsch des Scheichs in einer E-Mail zum Ausdruck gebracht.

Trotz seines Lispelns hatte Scheich Ibrahim Mustafa Omar Ibn Mohammed Ali al Assaba eine faszinierende Ausstrahlung. Er war an die zwei Meter groß, schlank, seine Gestik war besonnen und seine dunklen Augen im gut aussehenden Gesicht leuchteten freundlich und interessiert. Unendlich weise und gelassen wirkte er auf mich, dennoch schien er auch ein Träumer und Visionär zu sein und diese Mischung gefiel mir. Er nahm sich persönlich den ersten Abend Zeit für mich und erzählte mir in gutem Deutsch – er hatte ein Jahr lang als Kind in einem Internat in Wien gelebt und das Gymnasium besucht –, von seinem Land und was er alles für das verarmte Volk hier bereits erreicht hatte und noch erreichen wollte. Er zeigte mir alte Fotos, die ihn als Elfjährigen in Salzburg zeigten, er führte mich durch das riesengroße Anwesen – noch nie hatte ich so viel Luxus auf einmal gesehen –, und zum Schluss speisten wir zu zweit auf einer der vielen Terrassen.

Drei Tage lang wurde ich mittels Privatflugzeug und verschiedenster Jeeps durch Mauretanien chauffiert, wobei mich zwei Sekretäre begleiteten und mir alles erklärten. Mir wurden Waisenhäuser, Kliniken, Schulen und die touristischen Errungenschaften, die der ganze Stolz des Scheichs waren, gezeigt. Scheich Ibrahim Mustafa Omar wollte den Tourismus beleben, um Arbeitsplätze zu schaffen, denn das war es, woran es hier mangelte, seitdem in den letzten zwei Jahrzehnten die meisten der Nomaden sesshaft geworden waren. Sehr viele hatten in winzigen Blechhütten der stark gewachsenen Städte dahinvegetiert, hungrig, krank, ohne jede Bildung und Perspektive.

»Spenden helfen den Leuten nur kurzfristig, wir wollen Nachhaltigkeit erzielen«, hatte mir der Scheich erklärt.

Es waren bereits unzählige Lodges, Resorts und

Clubs in der Einöde der Wüste oder Savanne entstanden und weitere befanden sich in Bau. Ich durchwanderte staunend luxuriöse Appartements, marmorgeflieste Restaurants, Spa-Hallen mit vergoldeten Wänden, Fitnessstudios, Tennisplätze und die grünsten Golfplätze, die ich je gesehen hatte, und sah eine Unmenge Personal in den Anlagen herumhuschen, still und freundlich, unentwegt lächelnd *Guten Tag! Wie geht's? Alles gut?* sagend. Auf zwei Gäste kam ein Angestellter. Mit einigen sprach ich, sie waren dem Scheich sehr dankbar, er hatte sie aus dem Elend geholt, ihnen und ihren Familien Unterkunft gegeben, zu essen, eine Krankenversicherung, einen gerechten Lohn, betonten sie, auch jene, die nicht im Tourismus arbeiten wollten, fänden Arbeit in sozialen Einrichtungen, den Dörfern half er mit Bewässerungsanlagen. Sie alle liebten ihn. Und ich war beeindruckt.

Am Abend des dritten Tages wurde ich zum privaten Anwesen des Scheichs zurückgeflogen und zu einem Abendessen eingeladen, das zusammen mit dem Scheich und seiner Familie etwas außerhalb des Wohnsitzes, direkt in der Savanne, in einem Zelt eingenommen werden sollte. Es war ein unglaubliches Erlebnis. Wir saßen zu siebt in dem offenen Zelt und während wir mauretanische Köstlichkeiten verspeisten, marschierten in der Dämmerung Antilopen und Elefanten vorbei. Rechts neben dem Scheich saßen seine drei Kinder der Hauptfrau, sie war Europäerin, links neben dem Scheich saßen die zwei Kinder der zweiten Frau, sie war Maurin und stammte aus dem Norden Mauretaniens.

Die älteste Tochter der Hauptfrau, Yasmina, war äußerst attraktiv, auffallend waren ihre helle Haut, die hohen Wangenknochen, ihre großen grünen Augen und ihr dickes, blondes Haar, das ihr bis zur Taille fiel. Die zwei Söhne, der siebzehnjährige Omar und der dreizehnjährige Tarek, hatten eine etwas dunklere Haut als die Schwester. Die Mutter, Madeleine, eine gebürtige Französin, hätte beim Essen dabei sein sollen, sich aber entschuldigen lassen, sie fühlte sich unwohl. Die zwei Kinder der zweiten Frau, ein Junge und ein Mädchen, waren noch sehr jung, ich schätzte sie auf sieben und acht, sie wurden sofort nach dem Essen von einer Kinderfrau abgeholt. Bemerkenswert fand ich, dass die Töchter unverschleiert waren und die drei mit mir und ihrem Vater unbefangen über Allah und die Globalisierung redeten und sogar mitunter blödelten. Wir unterhielten uns abwechselnd auf Französisch und Deutsch, die Kinder sprachen beides fließend.

»Schade, dass Mama nicht dabei sein kann«, sagte Tarek, »sie hat es gern, wenn Österreicher zu Besuch sind.«

Ich merkte, dass der Scheich seinem Sohn einen rügenden Blick zuwarf, und war nun neugierig.

»Warum denn?«, fragte ich ihn.

Yasmina erklärte es mir auf Deutsch: »Unsere Mutter freut sich immer sehr, wenn Österreicher bei uns zu Gast sind, was aber leider fast nie der Fall ist. Sie ist in Wien aufgewachsen. Sie ist halb Französin, halb Österreicherin.«

Yasmina erzählte mir weiter, dass ihre Mutter zwar in Paris geboren worden war, aber mit sieben Jahren zum Vater nach Wien kam, weil ihre Mutter bei einem Autounfall ums Leben gekommen war. Für Madeleine sei Österreich und nicht Frankreich die Heimat, sie habe sich dort sehr wohl gefühlt.

»Und jetzt ist sie hier zu Hause«, sagte der Scheich bestimmt und bedachte seine Tochter mit einem Blick, der ihr bedeutete, zu schweigen, »und ihr wisst, eure Mutter liebt trotz ihrer Zurückgezogenheit ihre neue Heimat sehr.«

Zwei Giraffen, eine Mutter und ihr Kalb, trotteten am Zelt vorbei, lugten treuherzig herein und verschwanden wieder.

»Wie haben Sie Ihre Frau kennengelernt?«, fragte ich.

»In Paris beim Studieren«, sagte der Scheich und schenkte mir Wein nach, »das ist übrigens ein Schilcher, der Lieblingswein meiner Magdalena.«

Ich saß da und mir blieb der Mund offen stehen.

Wie Schuppen fiel es mir von den Augen, ein Bild

schälte sich aus meinen Erinnerungen und setzte sich in meinem Kopf fest: An einem heißen Junitag im Jahr 1994, ich besuchte die vierte Klasse Gymnasium, saß die Geografielehrerin auf dem Lehrerpult und erzählte uns eine Geschichte. Wegen der Hitze standen die Fenster offen, ein leichter Wind wehte herein und ließ ihre kastanienbraunen Locken und ihr kurzes Sommerkleid sanft flattern. Unsere Herzen schlugen höher, wir pubertierenden Burschen waren alle ein bisschen in sie verliebt. Aufgrund ihres langen, schlanken Halses hatte sie eine gewisse Ähnlichkeit mit einer Giraffe, doch war sie eine unglaublich begehrenswerte Giraffe, jung, attraktiv, mit großen, samtenen dunkelbraunen Augen und bronzener Haut.

In dieser Geografiestunde wollte sie eigentlich das Thema Klimazonen in Afrika beginnen, war jedoch zu aufgewühlt dafür. Kurzerhand setzte sie sich auf das Pult und erzählte uns die Geschichte eines Bekannten ihrer Cousine. Vor zwei Wochen war der junge Mann mit seiner Braut in die Flitterwochen nach Marokko geflogen. Auf einem belebten Bazar in Marrakesch sah sich die frischgebackene Ehefrau Seidentücher an, der Mann wandte sich nur kurz ab, um an einem Stand Wasserpfeifen zu begutachten, und als er sich wieder umdrehte, war sie verschwunden. Einfach weg. Obwohl er den Bazar gründlich absuchte und auch schnell die Polizei einschaltete, blieb seine Frau unauffindbar. Seine hübsche blonde Frau, im zweiten Monat schwanger, war entführt worden und würde höchstwahrscheinlich in irgendeinem Harem in der Wüste landen, das war es, was ihm ein Polizist ziemlich schnell klarmachte. Er hätte keine Chance, sie zu finden, sie könnte schon längst über die Grenze gebracht worden sein, das war das Zweite, was ihm gesagt wurde. Der Mann brach zusammen.

In der Klasse war es mucksmäuschenstill. Die Geschichte nahm uns gefangen. Wir alle waren plötzlich auf dem Bazar im heißen Marrakesch und durchlebten die schrecklichen Minuten, als der Mann sich umdrehte und erkannte, dass seine geliebte Frau verschwunden war und panisch immer wieder ihren Namen schrie. In Gedanken wälzten wir Burschen uns vor verzehrender Sehnsucht im verschwitzten Bettlaken, die Verschwundene sah aus wie unsere Geografielehrerin. Den Mädchen war das Entsetzen buchstäblich ins Gesicht geschrieben, sie sahen, wie die betäubte Frau verwirrt in unbekannten Räumlichkeiten aufwachte, von verschleierten, kichernden Frauen zurechtgemacht und dann halb nackt zu einem unglaublich fetten, bärtigen Scheich geführt wurde, der sie zwang Dinge zu tun, die wir uns nicht vorstellen mochten. Wir waren vierzehn und das Thema Sexualität beherrschte nicht nur unser Denken, sondern vor allem unsere hormondurchtränkten Körper.

Mich ließ die Geschichte tagelang nicht los. Kurz vor den Sommerferien fragte ich die Lehrerin nach dem Bekannten ihrer Cousine, wie es ihm gehe, ob er die Entführte gefunden habe. Sie wollte nicht darüber reden und wich meinen Fragen aus, es war ihr offensichtlich unangenehm. Als ich hartnäckig bohrte, gab sie mir die Auskunft, dass sie Probleme bekomme, wenn sie im Unterricht weiter darüber erzählte. Eine Geografielehrerin, die den Schülerinnen und Schülern Angst vor dem Reisen machte, sei an der Schule unerwünscht. Doch sie flüsterte mir zu, dass er sie nicht gefunden hatte, er hatte seine Arbeit gekündigt, um in Marokko herumzureisen und sie zu suchen.

Lange noch dachte ich an ihn und seine verschwundene Frau. Ob sie noch am Leben war? Hatte sie sich ihrem Schicksal gefügt und fristete ihr Dasein in einem Harem? Hatte sie das Kind geboren oder eine Fehlgeburt erlitten? Oder hatte sie ihrem Leben selbst ein Ende bereitet? Oder hatte sie gar die Flucht gewagt in die Wüste und war dort einen elenden Tod gestorben? Meine überbordende Fantasie kannte keine Grenzen im Ausmalen der furchtbaren Szenen.

Dann vergaß ich die Geschichte wieder. Die Jahre vergingen. In Wien studierte ich Publizistik und Komparatistik und genoss meine Studienjahre in vollen Zügen. Nur einmal, auf einer Party, ich war betrunken, fiel mir die Geschichte wieder ein. Eine Frau erzählte von einer Katze, die in den USA in der Mikrowelle ums Leben gekommen sei und vom folgenden Gerichtsprozess; angeblich habe die alte

Dame Millionen vom Mikrowellenhersteller erhalten. Daraufhin lachte jemand und meinte, dies sei nur eine sogenannte moderne Sage oder auch urbane Legende genannt, von denen es zahlreiche gebe, wie zum Beispiel, dass in einem asiatischen Restaurant von der Lebensmittelbehörde Katzenfutter in den Speisen entdeckt oder im Abwasserkanalsystem einer Stadt in Europa ein Krokodil gefunden wurde. Oder, ein Mann wurde auf einer Geschäftsreise von einer Frau verführt, wachte am nächsten Morgen auf und bemerkte, dass ihm in der Nacht operativ eine Niere entfernt worden war. Und sehr häufig seien die modernen Sagen über verschwundene Reisebegleiter in exotischen Ländern, vor allem die der blonden Frau, die man auf einem überfüllten Bazar in Marokko entführt hatte.

»Solche Sagen sollen Angst vor allem Fremden stimulieren, vor fremden Ländern, Kulturen, Menschen, Sitten und werden von einigen gezielt eingesetzt«, erklärte mir der Mann, »man sollte sie ganz einfach nicht glauben.«

»Aber ich kenne eine Geografielehrerin und deren Cousine kennt einen Mann, dem tatsächlich die Braut entführt worden ist. Ich weiß sogar den Namen«, sagte ich verblüfft.

»Namen kann man erfinden, das ist der reinste Humbug«, lachte er, »immer kennt jemand jemanden, der das erlebt hat! Aber immer ist es nur ein Bekannter, nie der Bruder oder der beste Freund oder der Erzähler selbst.«

Ich musste grinsen und bestellte mir noch einen Tequila. Es war also nichts dran an der Geschichte, die mich als Vierzehnjähriger so beschäftigt hatte. Irgendwie beruhigte mich das.

Ich reiste viel, ich schrieb viel, ich begann Reiseberichte für Zeitungen und Zeitschriften zu verfassen, ich hatte unzählige Beziehungen, ich heiratete, wurde Vater einer Tochter, ließ mich wieder scheiden, stürzte mich in die nächste Beziehung. Mein hektisches Leben ließ mich die Sache mit der entführten Frau vollkommen vergessen.

Bis sie mir eines Tages, im Mai 2014, wieder einfiel, auf einem Plateau im südlichen Mauretanien, in der Nähe der Grenze zu Senegal, bei einem Abendessen mit einem wohltätigen Scheich und seinen Kindern, bei dem Elefanten und Giraffen vor unserer Nase spazieren gingen. Sie fiel mir in dem Augenblick ein, als der Scheich sagte: »Das ist der Lieblingswein meiner Magdalena.«

Der Name der Frau war Magdalena gewesen, das hatte uns die Geografielehrerin damals erzählt.

Eigenartigerweise war ich mir sofort sicher: Sie musste es sein! Der Scheich musterte mich aufmerksam und ich versuchte mir meine Aufregung nicht anmerken zu lassen. Wie beiläufig fragte ich die Kinder nach ihren Geburtsdaten und rechnete schnell nach. Es stimmte! Die Lehrerin hatte uns Anfang Juni 1994 erzählt, dass Magdalena, im zweiten Monat schwanger, im Mai entführt worden war. Yasmina war am 13. Dezember 1994 geboren worden und sie hatte eine sehr helle Haut. Mir wurde ganz schwindlig. Was sollte ich nur tun? Fieberhaft überlegte ich. Ich musste eine Möglichkeit finden, mit Magdalena zu sprechen!

»Geht es Ihnen nicht gut?«, fragte Scheich Ibrahim Mustafa Omar besorgt.

Ich ergriff die Gelegenheit beim Schopf und antwortete: »Es geht mir wirklich nicht gut, ich fühle mich fiebrig und befürchte, dass ich meine Abreise um einen Tag verschieben muss.«

»Das ist kein Problem. Sie können so lange bleiben, bis Sie sich besser fühlen«, antwortete der Scheich freundlich, »ich werde mich allerdings heute noch von Ihnen verabschieden, da ich morgen sehr früh aufbrechen muss.«

In der Nacht konnte ich keinen Schlaf finden und wälzte mich herum. Am nächsten Tag schlich ich auf dem Anwesen herum und hielt Ausschau nach Magdalena, ich hatte keinen Plan, wie ich es bewerkstelligen sollte, sie zu treffen. Mir kam vor, ich war umzingelt von Bediensteten, die mich beobachteten. Im Park traf ich auf einen Sekretär und sagte ihm, dass ich Tarek noch ein Abschiedsgeschenk überreichen wolle und war erstaunt, als er mir spontan die Richtung zum Haus wies. Vor dem Haus traf ich sie beim Rosenschneiden an, ihre helle Haut und blonden Haare ließen keinen Zweifel zu. Vor lauter Verwirrung brachte ich zunächst kein Wort heraus.

»Guten Morgen«, sagte sie lächelnd und streckte mir die Hand hin, »Sie müssen Alexander sein. Es tut mir leid, dass ich gestern nicht dabei sein konnte, aber ich hatte starke Kopfschmerzen. Ich hätte mich gerne mit Ihnen unterhalten. Aber Sie besuchen uns sicher noch einmal, nicht wahr? Dann müssen Sie mir unbedingt eine Sachertorte mitnehmen.«

Ich hörte mich selber flüstern: »Magdalena, ich weiß, dass Sie nicht freiwillig hier sind. Sie wurden im Mai 1994 in Marrakesch entführt. Sie waren im zweiten Monat schwanger und in den Flitterwochen.«

Sie fixierte mich und ihre Augen verengten sich. Wir sahen, dass ein Sekretär sich näherte.

»Wer sind Sie und was wollen Sie?«, fuhr sie mich an.

»Ich bin der, für den ich mich ausgegeben habe«, sagte ich hastig, »als ich gestern Ihren Namen hörte, fiel mir eine Geschichte ein, die uns vor zwanzig Jahren unsere Geografielehrerin erzählte. Eine Braut mit dem Namen Magdalena ist in den Flitterwochen auf einem Bazar in Marrakesch entführt worden. Das ist alles. Ich habe mich nicht hier hereingeschmuggelt oder mir absichtlich das Vertrauen des Scheichs erschlichen.«

»Das würde ich Ihnen auch nicht raten«, sagte sie, »denn dann würde es Ihnen sehr schlecht ergehen.«

»Soll ich Ihrem – Ihrem Mann in Österreich erzählen, dass ich Sie gefunden habe?«, fragte ich.

Ihr Gesicht verzog sich merkwürdig und da ich sie nicht kannte, konnte ich den Ausdruck nicht deuten. Ich interpretierte ihn als verzweifelten Schmerz. Unser Gespräch wurde vom Sekretär, der ihr ein Handy überreichte, unterbrochen, es war Scheich Ibrahim Mustafa Omar. Sie ging ins Haus hinein, wirkte gehetzt und ließ mich zurück. Ich bekam sie nicht mehr zu Gesicht, der Sekretär teilte mir mit, dass das Flugzeug auf mich warten würde, da es mir offensichtlich besser gehe. Man ließ mich nicht mehr aus den Augen.

Auf der Heimreise ließen mir meine Gedanken keine Ruhe. Sie war es tatsächlich! Magdalena hatte sich also mit der Situation arrangiert und war noch am Leben. Und wie sie lebte, im puren Luxus, als Hauptfrau eines sympathischen, intelligenten Scheiches, der ihre Kinder auf Händen trug, auch das Kind, das offensichtlich nicht sein eigenes war. Hatte sie Glück im Unglück gehabt, indem die Entführer sie an diesen Scheich verkauft hatten? Oder hatte er sie und die kleine Tochter erst nach Jahren in irgendeinem Harem eines schmierigen mauretanischen Reichen entdeckt und freigekauft? Aber warum hatte der Scheich, der seinem Volk gegenüber so gütig war, ihr nicht die Erlaubnis gegeben, nach Hause zurückzukehren? War er vielleicht gar nicht so gütig?

In Wien suchte ich meine ehemalige Geografielehrerin auf und fragte sie nach dem vollen Namen und der Adresse von Magdalenas Mann. Den wahren Grund nannte ich ihr nicht, ich sagte ihr nur, dass ich für eine Zeitschrift über ihn schreiben wolle. Sie rief ihre Cousine an und teilte mir die Adresse mit.

»Wissen Sie, was eine moderne Sage ist?«, fragte ich sie beim Abschied.

»Vermutlich das Gegenteil von Tausendundeiner Nacht?«, fragte sie lachend.

Noch am selben Tag suchte ich Markus auf.

Er war unverkennbar ein gebrochener Mann. Fünf Jahre lang hatte er nach seiner Frau in ganz Nordafrika gesucht und schließlich erkannt, dass es keinen Sinn mehr hatte. Hoch verschuldet hatte er wieder als Anästhesist im Krankenhaus zu arbeiten begonnen, das Haus, das er für seine Familie gebaut hatte, hatte er verkaufen müssen. Er lebte in einer Zweizimmerwohnung und stotterte immer noch die Schulden ab, die er bis zu seinem Lebensende nicht zurückzahlen würde können, geheiratet hatte er nicht mehr.

»Ich habe mir einreden müssen, dass Magdalena einen schnellen Tod gestorben ist, ich hätte es nicht ertragen, mir vorzustellen, was sie alles durchmachen muss«, erzählte Markus.

Ich berichtete ihm das, was ich wusste, und er konnte nicht glauben, was er da hörte, er fing zu weinen an. Krampfhaft versuchten wir uns einen Plan auszudenken, wie er Magdalena treffen könnte und schließlich entschieden wir uns für den einfachsten: nach Mauretanien zu fliegen und den Scheich zu besuchen. Irgendwie würde es uns dort gelingen, Magdalena zu sehen.

Ich teilte dem Scheich in einer E-Mail mit, dass ich noch einmal zu ihm kommen wolle, um ihn zu treffen, da ich ihm in meinem Buch ein längeres Kapitel widmen wolle und dafür noch ein detailliertes Interview machen müsse, und – dass ich einen Freund mitbringen würde. Prompt antwortete er mir: In zwei Tagen sei er ohnehin geschäftlich in Wien und könne uns – mein Freund sei sehr herzlich eingeladen – dort treffen, er nannte mir Hotel und Uhrzeit. Markus war am Boden zerstört. Nach Wien würde der Scheich seine Hauptfrau sicher nicht mitnehmen, er hätte also keine Gelegenheit, Magdalena wiederzusehen. Doch zum Treffen wollte er unbedingt mitkommen, er wollte den Mann sehen, bei dem seine Frau seit Jahren lebte. An besagtem Abend holte ich Markus ab und wir fuhren gemeinsam zum Hotel. Während der Fahrt zitterte Markus am ganzen Körper. Und auch ich war äußerst nervös.

Im Penthouse des Hotels kam Scheich Ibrahim Mustafa Omar Ibn Mohammed Ali al Assaba auf uns zu, schüttelte unsere Hände und begrüßte uns herzlich. Obwohl ich in der E-Mail Markus' Namen nicht genannt hatte, kannte er ihn, ich war irritiert. Er führte uns auf die Terrasse an einen opulent gedeckten Tisch, neben dem Tisch stand Magdalena, sie trug ein langes cremeweißes Abendkleid und sah atemberaubend aus. Mir streckte sie lächelnd ihre Hand hin und sagte: »Wie schön, Sie wiederzusehen, Alexander. Heute Abend haben wir die Gelegenheit, uns länger zu unterhalten.«

Markus stand da und man sah ihm eindeutig an, dass seine Gedanken sich überschlugen und er nicht wusste, wie er reagieren sollte. Sollte er sie nun kennen oder nicht? Was erhöhte seine Chancen, sie zu befreien? Der Scheich lachte laut heraus, verwundert starrte ich ihn an, ich hatte ihn noch nie lachen sehen, immer nur freundlich und sanft lächelnd.

»Du kannst deine ehemalige Freundin gerne umarmen, ich erlaube es dir«, sagte er zu Markus.

Magdalena hatte wieder den gleichen Gesichtsausdruck wie vor zwei Wochen auf dem Anwesen in Mauretanien, als sie die Rosen geschnitten hatte. Dieses Mal konnte ich ihn interpretieren: Er war spöttisch. Magdalena sah Markus spöttisch an! Ich wurde immer irritierter.

»Sie ist meine Frau!«, schrie Markus plötzlich,

»nicht meine Freundin! Wir haben geheiratet und waren in den Flitterwochen! Sie wurde entführt! Was soll das Ganze hier?«

»Ohhh«, machte Magdalena, als würde sie mit einem kleinen Kind reden, »ich wurde nicht entführt, Markus. Aber setzt euch doch bitte und greift zu.«

Der Scheich deutete auf die Stühle. Uns blieb nichts anderes übrig, wir setzten uns und ließen uns Wein einschenken. Ich fühlte mich unwohl, als wäre ich Teil eines Kammerspiels, in dem ich eigentlich nicht vorgesehen war. Markus und ich saßen nebeneinander, mir gegenüber saß Magdalena, ihm gegenüber saß der Scheich. Rechts von uns ging die Sonne blutrot unter.

»Du erinnerst dich nicht an mich?«, fragte der Scheich lächelnd und sah Markus an, während er sich ungerührt eine Weintraube in den Mund steckte.

Markus antwortete erstaunt: »Was meinen Sie damit? Wir sehen uns heute zum ersten Mal.«

»Das ist ein Irrtum«, sagte der Scheich, »fast genau zweihundert Höhenmeter von hier sahen wir uns das erste Mal, vor fünfunddreißig Jahren. Wir waren beide elf Jahre alt. Ich weiß noch, dass du sehr gerne Mozartkugeln gegessen hast, deine Eltern haben sie dir immer aus Salzburg geschickt. Du warst auch wesentlich – sagen wir mal – stärker als jetzt.«

Markus blickte dem Scheich forschend ins Gesicht

und sagte: »Das Internat also. Da waren so viele Buben.«

»Da gab es einen mit dem Namen Omar«, sagte der Scheich.

In Markus' Gesicht arbeitete es und dann wurde er hochrot. Noch nie hatte ich so einen roten Kopf bei einem Menschen gesehen.

»Möchtest du Alexander erzählen, was zwischen dir und mir vorgefallen ist oder soll ich das übernehmen?«, fragte der Scheich.

Markus atmete tief durch: »Das waren doch harmlose Kinderscherze, wie sie in jedem Internat vorkommen.«

»Ach ja? Ein Junge terrorisiert zusammen mit seinen Freunden ein ganzes Jahr lang einen anderen Buben, der sich nicht wehren kann. Der andere hat eine dunklere Hautfarbe, kommt aus dem Ausland, kennt niemanden und spricht am Anfang schlecht Deutsch.«

»So etwas ist nicht nur Ihnen passiert«, begehrte Markus lahm auf.

»Das kann durchaus sein, aber es ist auch mir passiert und es ging eine Spur zu weit. Ihr habt mich regelmäßig zusammengeschlagen, auf meinen Teller gespuckt, in mein Glas uriniert, im Unterricht gelacht, wenn ich etwas sagen musste, meine Kleidung versteckt, während ich in der Dusche war, meine Sachen im Kasten beschmutzt oder gestohlen«, sagte der Scheich.

»Warum sind Ihre Eltern nicht eingeschritten?«, fragte Markus ungehalten.

Magdalena aß abwechselnd Kaviar, Lachs und Erdbeeren und hörte schweigend zu.

»Ganz einfach, weil sie nicht mehr am Leben waren«, antwortete der Scheich, »meine Mutter ist bei meiner Geburt gestorben, mein Vater wurde getötet, im Westsahara-Konflikt. Ich wuchs bei meinem Onkel auf und er war dem Westen gegenüber sehr offen. Ich bin ihm heute dafür sehr dankbar. Er war der Meinung, mir würden Schuljahre in Wien, Paris, London und New York guttun, die Schuldirektionen wussten nichts von meiner wahren Identität. Ich war quasi inkognito dort, niemandem war bekannt, dass ich der Sohn des reichsten Scheichs in ganz Nordafrika war. Mein Onkel war der Meinung, dass ein Junge durch eine harte Schule gehen sollte, um ein starker Mann zu werden. Ich hätte ihm also nie von den Quälereien erzählt, denen ich in Wien ausgesetzt war. Doch ich konnte erreichen, dass ich schon nach einem Jahr nach Paris gehen durfte, vorgesehen waren nämlich zwei Jahre in Wien. In Paris gefiel es mir sehr gut und ich entschloss mich, später dort zu studieren. Gott sei Dank! Denn während meines Studiums in Paris lernte ich Madeleine kennen. Sie wurde die große Liebe meines Lebens und ist es immer noch. Im September 1993 heirateten wir, ein halbes Jahr vor eurer Trauung, die somit ungültig war.«

Der Scheich griff nach ihrer Hand und sie schenkte ihm ein liebevolles Lächeln. Markus und ich starrten abwechselnd in das Gesicht des Scheichs und in das Magdalenas.

»Dann war das alles nur ein Spiel, ein Racheakt sozusagen?«, fragte Markus leise.

»Wenn du es so nennen willst«, lächelte Scheich Ibrahim Mustafa Omar, »wie sagt noch einmal eure Religion: Auge um Auge, Zahn um Zahn?«

»Auge um Auge«, wiederholte Markus bitter, »damit ist Gerechtigkeit gemeint. Bubenstreiche haben Ihnen ein Jahr vermiest und Sie haben mir mein ganzes Leben gestohlen.«

Der Scheich prostete mir zu und sagte: »Dank Alexander und dem Zufall ist aus dem ganzen Leben nur ein halbes geworden. Du hättest es sonst nie erfahren. Man soll den Zufall ehren und deshalb habe ich beschlossen, dir heute die Wahrheit zu sagen.«

Und nach einer Weile fügte er hinzu: »Bubenstreiche? Einmal habt ihr mich ans Bett gefesselt und mich nackt ausgezogen. Mit einem Messer in der Hand hast du gedroht, mir Penis und Hoden abzuschneiden. Ich bin vor Angst gestorben. Du hast mich gezwungen Kot zu essen und das nicht nur einmal. Vergeht Ihnen der Appetit, Alexander? Soll ich noch weitere Begebenheiten erzählen? Es gibt noch sehr viele. Einmal hast du mit deinem berühmten Schweizer Taschenmesser einen Schnitt um meine rechte Brustwarze gemacht, die Narbe habe ich noch immer. Möchtest du sie sehen?«, fragte der Scheich.

Markus saß schweigend da.

»Und du hast dabei mitgemacht?«, wandte er sich plötzlich an Magdalena.

»Es war sogar ihre Idee«, sagte der Scheich lächelnd, »sie war damals eine glänzende Femme fatale.«

»Stimmt das?«, fragte Markus die schöne Frau fassungslos.

»Es stimmt«, antwortete Magdalena, »Omar erzählte mir alles und daraufhin wollte ich dich kennenlernen, ich wollte wissen, welche Art Mensch du geworden bist. Vielleicht hast du dich ja geändert, vielleicht hast du alles bereut? Das wollte ich unbedingt wissen. Erinnerst du dich, dass ich dich einmal nach deiner Internatszeit fragte? Ich behauptete, ich hätte einen Studienkollegen, der mir erzählte, du wärst der Anführer gewesen und hättest besonders einen afrikanischen Buben ziemlich heftig gehänselt. Erinnerst du dich an deine Antwort? Du warst damals fünfundzwanzig.«

Markus zuckte mit den Schultern.

»Du hast angefangen zu lachen und dich gar nicht mehr eingekriegt«, erzählte Magdalena, »du hast gesagt: ›Du hättest sein Gesicht sehen sollen, als ich ihm gedroht habe, ihm seinen Pimmel abzuschneiden! War das ein Spaß!‹ Und als ich dich gefragt habe, ob du es wieder tun würdest, hast du gesagt: ›Ja, klar, kann ich nur jedem Buben raten, sich ein bisschen auszutoben.‹ Das war für uns ausschlaggebend. Hättest du es bereut, gesagt: ›Mein Gott, war ich ein Arschloch früher‹, hätte ich dich nach Paris mitgenommen und dir meinen Verlobten vorgestellt. Vielleicht wärt ihr Freunde geworden.«

Wir saßen schweigend da.

»Wir haben unseren Plan reifen lassen und ihn *Operation Mozartkugel* genannt. Ich versichere dir, wir hatten den größten Spaß daran, dich in Marrakesch zu sehen, wie deine Verzweiflung wuchs und wuchs. Ab und zu kamen wir nach Wien, um dich aus der Ferne zu beobachten. Du bist manchmal einer verschleierten Frau begegnet. Es war Magdalena«, sagte der Scheich.

»Und mein Kind? Du warst von mir schwanger!«, sagte Markus.

»Ich war von Ibrahim schwanger, nicht von dir«, antwortete sie, »ich habe jedes Mal eisern verhütet, wenn wir intim wurden, Markus, ich überließ nichts dem Zufall.«

»Aber Yasmina ist heller als deine Söhne«, sagte Markus, »das hat mir Alexander erzählt.«

»Das ist bei Mischlingskindern immer reiner Zufall, mein Lieber«, sagte Magdalena lächelnd.

»Ich glaube dir nicht«, sagte Markus.

»Du kannst gerne mit nach Mauretanien kommen

und dann machen wir einen Vaterschaftstest«, sagte der Scheich lachend, »das ist eine Idee! Ich lade Alexander und dich ein, uns in Mauretanien zu besuchen. Ihr seid unsere Gäste. Wir begraben unser Kriegsbeil.«

»Es gab nie ein Kriegsbeil«, sagte Markus verbissen, in der Hand knetete er eine Serviette.

Er war leichenblass und seine Gesten wirkten fahrig. Hektisch stand er auf.

»Stimmt, es war nur ein Schweizer Taschenmesser«, sagte der Scheich und erhob sich ebenfalls.

Scheich Ibrahim Mustafa Omar Ibn Mohammed Ali al Assaba streckte Markus die Hand hin und sagte: »Vermutlich war dein Leiden größer als meines und steht in keinerlei Verhältnis zu meinem. Es tut mir leid, dass alles so gekommen ist, ich bereue es heute. Ich würde mich sehr freuen, wenn du uns in Mauretanien besuchst.«

Markus schmiss die zerknüllte Serviette auf den Tisch.

Andreas Weber

MEISTERWERK

1

Ein Unfall? Herr Kommissar, glauben Sie tatsächlich,
dass das ein Unfall war? Ich muss Sie das fragen, weil
Rick – er konnte dir den Bogart-Film »Casablanca«
auswendig aufsagen und bestand auf dieser Anrede –,
also Rick hat seit Monaten davon gesprochen, dass er
nicht mehr »da sein« will. Vor zwei Wochen hat er zu
mir im Café Prückel gesagt: Joe, ich spüre ein »Ulti-
matum« auf mich zukommen. Ich habe ihn natürlich
gefragt, was das bedeuten soll, aber er wollte nicht
darüber reden. Sie müssen zugeben, diese Formulie-
rung klingt seltsam. Ich bin mir sicher, dass er weg
wollte, weil er sich bedroht fühlte. Rick hatte Angst,
ich hab keine Ahnung wovor, daher meine Frage.

Er war zwölf Jahre freier Schriftsteller und hat seinen Schuldienst als die »Manifestation seines Schei-
terns« gesehen, eine ziemlich überspannte Sicht der
Dinge, was ich ihm jedes Mal gesagt habe, wenn er
über seinen Job jammerte und davon träumte, sich
wieder ganztags dem Schreiben zu widmen. Ich habe
ihm immer gesagt, dass er froh über seine existenziel-

le Sicherheit sein solle, die Freiheit, um sein Leben zu schreiben, diesen Druck, den ich zu gut kenne, hätte er nicht ausgehalten; wir haben offen über alles gesprochen, aber das habe ich ihm nicht gesagt. Ich kenne ihn so gut wie wenige Menschen. Wir haben zwei Dokumentarfilme miteinander gemacht, so etwas verbindet, aber wirtschaftlich funktioniert haben diese Projekte nicht, das waren Festivalfilme. Deshalb hat er zu unterrichten begonnen und mit achtundvierzig Jahren die halbe Lehrverpflichtung neben dem Schreiben angenommen, von der er geredet hat, seit ich ihn kenne.

Aber glücklich war er damit nicht. Seine Frau Magdalena erzählte mir gestern, dass seine Journale und alles, was er seit Jahren schreibt, voll sind von dem, was er mir einmal als seine »Untergangsszenarien« beschrieben hat. Er hat zuletzt davon fantasiert, dass er nur mehr einen Gedanken davon entfernt sei, endlich diesen letzten Schritt wirklich zu tun und die »Apokalypse zu inszenieren«, ein literarisches Unternehmen, das wir mit zwanzig gemeinsam entwickelt haben. Man konnte sich mit ihm über nichts mehr unterhalten, weil er immer mit dieser kranken Geschichte angefangen hat; ich habe ihm mehrmals gesagt, dass er das alles für sich behalten soll, wenn er nicht ins Irrenhaus gesteckt werden will, er klang für mich gemeingefährlich, wie einer dieser Wahnsinnigen, die als Batman verkleidet in einem Kino Leute erschießen.

Selbstmord schließe ich aus. Ich kenne viele Leute. Aber niemanden, der so gerne gelebt hat wie Rick. Obwohl seine Frau bei einem freiwilligen Abgang durch Lebensversicherung und Testament sehr gut versorgt wäre; wir haben dieses Dokument gemeinsam, er das seine ich das meine, als Jux nach unserem ersten Film aufgesetzt und geschrieben, aber dann ganz ernst bei einem Notar deponiert.

Über seine Ehe weiß ich nichts. Wir haben uns in der letzten Zeit ein wenig aus den Augen verloren. Ich glaube, sie hatte jemanden, er hatte jemanden, ihren Lover kenne ich nicht, angeblich ist er dreizehn Jahre jünger. Rick habe ich einmal mit seiner Neuen zufällig getroffen, eine starke Frau, ich schätze fünfzehn Jahre jünger als er. Man sah Rick und Magdalena ihr Alter nicht an. Mein Gott, die waren soviel ich weiß fünfundzwanzig Jahre verheiratet, hatten keine Kindern und einander nichts vorzuwerfen, so etwas ist doch schön. Herr Kommissar, mich interessiert, wie Sie bemerkt haben, aus persönlichsten Motiven brennend, was da wirklich passiert ist. Um Ihnen wirklich helfen zu können, würde ich noch ein paar Informationen brauchen.

Gut, verstehe, also dann passen Sie auf, was ich Ihnen jetzt sage: Vorstellen kann ich mir einen Anschlag, also dass da jemand etwas mit seinem Auto gemacht hat. Rick hatte nicht nur Freunde. Es hat in seinem Leben einige Frauengeschichten gegeben, Ehebruch hat ihn aus »literarischen Gründen« schon immer fasziniert, und über Eifersucht als Motiv brauche ich Ihnen nichts zu sagen. Vielleicht ist ein Brandsatz unter den Sitz gelegt und gezündet worden, die Bau- und Bedienungsanleitungen für solche Sachen stehen ja heutzutage im Internet. Hat man das untersucht? Wie ich höre, ist der Unfall mit dreißig Stundenkilometern passiert. Das ist ja geradezu lächerlich. Mit so einem Tempo stirbt keiner. Ich bitt Sie. Da rettet mich mein Airbag. Wie zu lesen war, ist das Auto ausgebrannt. Sie wissen so gut wie ich, dass Autos nur in Hollywood-Filmen immer so schön prächtig in Flammen aufgehen, aber nicht im wirklichen Leben, wenn einer im Schneckentempo in die Stadtmauer von Weitra kracht. Was heißt hier krachen? Das hat höchstens gescheppert.

7

Was fällt dir ein, mich anzurufen? Ich steh das erste Mal seit zwanzig Jahren in einer Telefonzelle, weil ich deinen Anruf nicht annehmen kann, ich hab das ungute Gefühl, dass die mein Handy abhören.

Ich spinn nicht und paranoid bin ich schon gar nicht. Joe, du verstehst da was nicht, also noch mal: Gestern war die Polizei bei mir. Kein Columbo, sondern die Kripo aus Linz, ein Kommissar und ein kleiner Dicker, das war Fernseh-Krimi, Scheiße! Ich war so verzweifelt wie möglich. Sie wünschten mir Beileid und fragten so verständnisvoll, ob meine Ehe mit Rick glücklich war, dass ich vor Rührung feuchte Augen bekommen habe und als Witwe so gut war, dass ich danach über mich erschrocken bin. Ich hatte keine Ahnung, mit wem die schon geredet hatten und sagte, dass unsere Ehe nach zwanzig Jahren noch funktionierte, auch wenn die Dinge nicht mehr so frisch wie am Anfang waren. Man hat mich verstanden, die zwei Herren sind selbst verheiratet. Ich hab nicht von Enttäuschung gesprochen und durchklingen lassen, dass wir uns gewisse Freiheiten ließen. Dem einen der beiden, ich glaube der heißt Pitter, ein ziemlich flotter Feger, schien unser Ehemodell gut zu gefallen, ich hab eigentlich erwartet, dass er mich fragt, ob ich für den angebrochenen Abend schon was vorhätte.

Gesagt haben die zwei mir gar nichts. Sie haben Fragen gestellt. Wollten wissen, ob Richard Feinde hatte und wer seine besten Freunde sind – sind! Das klang, als würde er noch leben. Ich muss zugeben, das hat mich etwas irritiert, aber ich habe nicht nachgefragt.

Dass du die zwei auf irgendeine Idee gebracht hast, bezweifle ich. Du hast Pitter und diese Witzfigur nicht ausgehorcht, die wirkten auf mich nicht, als würden sie sich von jemandem wie dir aushorchen lassen, wenn ich ehrlich bin. Du bist gar nicht vorgekommen. Dass die mit dir schon geredet haben, erfahre ich gerade von dir.

Nein! Natürlich nicht. Ich habe dich mit keinem

Wort erwähnt. Was hätte ich denn sagen sollen? Sein bester Freund, der mit ihm Dokus gemacht hat und mit dem ich seit dreizehn Jahren meinen Mann betrüge. Pitter hat zuletzt davon geredet, dass es vielleicht nötig sein würde, eine Exhumierung und Obduktion vorzunehmen, weil sich einige »überraschende ungeklärte Aspekte« ergeben hätten, keine Ahnung, was der damit meinte; das Begräbnis war erst vor drei Tagen, da würde Rick gewissermaßen wie Jesus Christus wiederauferstehen, was ihn begeistert hätte, habe ich mir gedacht, aber natürlich nichts gegen diese polizeilichen Maßnahmen gesagt, weil das verdächtig gewesen wäre. Außerdem ist doch alles gut gelaufen, du hast das wie geplant erledigt, und da kann nichts rauskommen – oder?

Was meinst du mit gar nichts gemacht?

Du warst *wo?!!*

Ich weiß, dass wir drei Wochen Funkstille ausgemacht haben. Ich denk mir, du erledigst unseren Plan und bist stattdessen in Amerika!

Mit wem? Welche deiner Assistenz-Tussis hast du mitgehabt?

Das ist mir egal. Es gibt Telefonzellen! Und hör auf mit diesem Gerede. Mir ging das damals alles zu schnell. Ich kann deine lächerlichen Vorwürfe nicht mehr hören. Wir haben das schon tausendmal besprochen und an meiner Meinung hat sich nichts geändert. Ich habe dir gesagt, gib mir ein wenig Zeit. Ich konnte

nicht meine Ehe mit Haus und Galerie für jemanden
wie dich nach dreißig Tagen aufgeben, das wäre un-
verantwortlich gewesen – und außerdem eine Blödheit!

Ich wollte nie ein Kind, und du hast dich damals
so kindisch benommen, dass ich über dich erschrocken bin, was du damals aufgeführt hast, war Stal-
king. Und warum sollte ich Richard überhaupt etwas von uns sagen? Er hatte auch seine Geschichten
laufen. Ich will wissen, wer mit dir in Amerika war!
Unterschätze mich nicht. Wenn ich herausfinde, dass
du etwas laufen hast, werde ich dafür sorgen, dass du
der Täter bist, auch wenn du gar nichts getan hast.

Herr Kommissar, Sie fragen mich nach Richard, aber
ich kann Ihnen dazu nichts sagen. Ich bin seine Mutter, ja, aber ich weiß über das erwachsene Leben meines
Sohnes nicht das Geringste. Er war ein braves Kind,
alle mochten ihn. In der Volksschule war er sehr gut.
Im Gymnasium hatte er bis zur siebten Klasse einen
Vorzug, Mathematik war seine schwache Seite, da
war er ganz anders als ich. Er hat schon in der ersten
Klasse gesagt, dass er einmal Deutsch studieren will.
Mein Mann und ich haben ihm nach der Matura nicht
dreingeredet, auch wenn damals alle gesagt haben, dass
das ein Studium ohne Zukunft ist. Er hat lange stu-
diert, aber daneben viel gearbeitet, in Fabriken, am
Bau und dann als Journalist. Da hat er beruflich mit

dem Schreiben angefangen, die schönsten Aufsätze hat er ja schon in der Schule geschrieben. Wir haben uns aus den Augen verloren, aber im Guten, es gab keinen Streit. Er lebte in Wien, kam am Wochenende heim und saß mit uns fast jeden Sonntag am Mittagstisch; manchmal war auch eine Freundin dabei, aber nach Hause mitgenommen hat er nur die, mit denen es etwas Ernstes war. Dann war er mit dem Studium fertig, hat in Wien gearbeitet, was genau weiß ich nicht, nichts Dauerhaftes, er redete immer von Jobs. 92 auf 93 war er ein Jahr in England. Dort hat er Erzählungen geschrieben, richtige Literatur, mit der er auch Geld verdient hat, wie viel, weiß ich nicht. Ich habe Richard das letzte Mal vor zwanzig Jahren gesehen. Er hat den Kontakt zu mir und meinem Mann abgebrochen, verweigerte jedes Gespräch, er wollte mit seiner Familie nichts mehr zu tun haben.

Das ist meine Schuld, und die meines Mannes. Er war damals dreißig Jahre alt, sie war älter, wie viel weiß ich gar nicht. Wir haben sie abgelehnt. Ernst, das ist mein Mann, hat zu Richard gesagt, dass er diese »Itakerin« nie in seinem Haus sehen will. Da sind furchtbare Sachen gesagt worden. Sie war geschieden, eine Künstlerin, Malerin. Ich habe mir in Wien einmal eine Ausstellung von ihr angesehen, Ernst durfte das gar nicht wissen; richtig teure Gemälde waren das, jedes hat ein paar tausend Euro gekostet, die Frau hatte viel mehr Geld als unser Bub. Der war damals schon Lehrer, weil er mit seinen Büchern zu wenig verdient hat. Richi hat am Anfang versucht uns zu überreden, hat gesagt, dass wir ihr doch wenigstens eine Chance geben müssen. Dann ist er nicht mehr gekommen, eigentlich hochanständig von ihm, wie er zu seiner Frau gestanden ist. Wissen Sie, Herr Kommissar, man übersieht das so schnell. Erst sind es nur ein paar Tage, die schnell vergehen, dann plötzlich drei Monate und plötzlich ist ein Jahr vergangen, und noch eins, zwei, drei, und dann ist es zu spät, um anzurufen und zu sagen, dass es einem leid tut. Wir haben große Fehler gemacht, das weiß ich heute, aber wir waren überzeugt davon, das Richtige zu tun; hinterher ist der Dümmste gescheiter.

Richards Bruder und seine Schwester mögen diese Frau aber auch nicht. Karl, er ist auch Lehrer, hat mit einer Klasse einmal eine Ausstellung von ihr besucht und sie kennengelernt. Total arrogant hat er sie uns beschrieben. Die hält sich für etwas Besseres, hat mit den Schülern gar nicht über ihre Bilder reden wollen, obwohl es da einiges zu sagen gäbe, denn was das alles eigentlich sein soll, sieht man gar nicht. Das ist eine abstrakte, moderne Kunst, müssen Sie wissen.

4

Das war der Mann! Herr Kommissar, da ist kein Zweifel möglich, da bin ich mir sicher, todsicher. Ich hab in der Zeitung von dem Unfall gelesen und

235

auch im Fernsehen einen Bericht gesehen, daher habe ich den auch sofort erkannt und mich sofort bei Ihnen gemeldet, weil da offensichtlich eine Gaunerei im Gange ist. Man muss als anständiger Bürger etwas dagegen unternehmen, wenn die besseren Herrschaften glauben, sich ihre Sachen richten zu können, das ist meine Meinung. Im Fernsehen haben sie gesagt, der Herr ist Künstler und Politiker, das sind die größten Gauner auf Erden, meine Meinung, mir egal, was Sie denken.

Lehrer war der? Na, so hat der nicht ausgesehen. Aber da sieht man wieder, wen sie heutzutage auf unsere Kinder loslassen. Wie der auf mich wirkte? Schwer zu sagen. Irgendwie arrogant, unheimlich. Dem war alles egal. Lächelte mich dauernd an, nicht unfreundlich eigentlich, hatte Hörstöpsel in den Ohren und so einen flachen Walkman eingesteckt, also Discman heißt das, wie mir mein Bub erklärt hat. Er nickte ständig im Takt und fragte mich, ob ich auch seine Musik hören will. Warum nicht? Er schob die Scheibe rein, sagte, das sei Genesis, aber ich muss sagen, das war nicht meins. Ich mag Carpendale, die Schürzenjäger, Elvis find ich auch super, aber was der aufgelegt hat, das war nichts für mich. Er hat das auch bemerkt und den Ton gleich leise gestellt, sehr aufmerksam eigentlich. Und wir haben uns dann ganz gut unterhalten, muss ich sagen. Über Fußball zum Beispiel. Auch wenn der Mann nicht nach einem

Fußballer aussah, der hat sich ausgekannt. Erzählte mir, dass er in England gelebt und sich dort ein paar Mal die Premier League angesehen hat, er war ein Fan von Tottenham Hotspur, und die hab ich mir selber schon einmal angeschaut, als ich in London war! Diesen Zufall müssen Sie sich einmal vorstellen. Da haben wir uns einiges zu erzählen gehabt.

Warum ich mir so sicher bin, dass wir von Richard Blain reden? Was glaube Sie denn, woran man sich als Taxler ganz genau erinnert? Der Mann hat mir dreißig Euro in die Hand gedrückt und »stimmt so« gesagt, obwohl die Fahrt nur sieben fünfzig ausgemacht hätte. Zweiundzwanzig fünfzig Trinkgeld auf einem Schlag! So viel kriege ich hier in dieser Gegend normalerweise oft in einem halben Jahr. Er ist in Gmünd am Bahnhof eingestiegen, wir sind aus der Stadt herausgefahren und er hat dann plötzlich auf der Landstraße gesagt, dass er aussteigen möchte, mitten im Gelände; ich kann Ihnen die Stelle zeigen, wenn Sie wollen, gemerkt habe ich sie mir nur, weil dort ein Marterl steht. Er ist ausgestiegen und auf dem Feldweg Richtung Wald gegangen. Ich hab ihm lange nachgesehen und eine geraucht. Aus dem Wald hab ich es dann blitzen gesehen, wie wenn die Sonne auf eine Windschutzscheibe oder etwas Silbernes fällt. Ich glaube, er hat jemanden getroffen, der auf ihn gewartet hat. Gesehen habe ich niemanden, weil

237

ich schon die nächste Fuhre hatte und nicht darauf warten konnte, wer da aus dem Wald rauskommt.

5

Liebe Magdalena, lieber Joe,

ich schreibe euch einen Brief, weil ich Zeit habe, dreißig Tage sind seit meinem Tod vergangen!

Lest ihr den Brief gemeinsam in einem Bett des Ibis-Hotels mit Blick auf den Linzer Hauptbahnhof? Ich sehe euch beide nackt lesend unter der Decke zusammengekuschelt und dieses Bild ist schön; es berührt und versöhnt mich mit euch. Verärgert hat mich eure Leichtsinnigkeit, die etwas von Respektlosigkeit hatte und mich zugegeben ein wenig gekränkt hat; so wie mich Magdalenas Ausreden in ihrer Einfallslosigkeit enttäuscht und meine Intelligenz beleidigt haben; wenigstens fünf Mal habe ich einen von euch beiden im Laufe der letzten zehn Jahre in dieses Hotel huschen gesehen, während ihr ein paar Tage geschäftlich in London, Paris oder Wien zu tun hattet; ich gönne euch diese gemeinsam verbrachten Nächte, nichts ist so schön, wie mit einem geliebten Menschen nach einer Liebesnacht aufzuwachen.

Ich schreibe euch, weil ich mit zweiundfünfzig Jahren jenes Werk vollbracht habe, das mit der Titelgeschichte meines zweiten Erzählbands beginnt. In ihr täuscht ein frustrierter Kinderbuchautor, der gerne für Erwachsene geschrieben hätte, seinen Selbstmord mit der Verbrennung der Leiche eines toten Obdachlosen vor, um auf dem Dach der Friedhofskapelle liegend bei seinem eigenen Begräbnis zusehen zu können. Meine beste, aber am schwersten unterschätzte Geschichte – und ausgerechnet sie habe ich zu der Wirklichkeit gemacht, über die ihr beim Erhalt dieser Post erschrocken seid. Keine Angst! Euch wird nichts passieren. Mein Lebenstraum ist Realität und unendlicher Friede herrscht in meiner Welt, die jenseits der euren liegt.

Joe erinnert sich an meinen zweiten Dokumentarfilm über einen Dichter, der einen Roman geschrieben hat, in dem ein junger Mann ein Mädchen abgöttisch liebt und erschießt, um mit ihr im Tod vereint zu sein. Diverse Verlage lehnten das Werk als zu unrealistisch ab. Der Dichter erschießt in geistiger Umnachtung irgendein Mädchen und sich selbst, aber er überlebt seinen Selbstmord und macht Karriere als Literat. Du hast die Kamera gemacht und das Ding mit mir geschnitten. Diese Geschichte hat mich so fasziniert wie keine andere in meinem Leben. Und ich habe sie übertroffen. Richard Blain ist tot und begraben, aber ich lebe, habe aus sicherer Entfernung bei meinem Begräbnis zugesehen und seither dieses Gefühl der Unsterblichkeit. Ich habe niemanden getötet, sondern einen – laut eingestecktem Pass – tschechischen Selbstmörder von seinem Totenbaum geschnitten. Ich habe meinen Tod überwunden, indem ich in einer von mir erfundenen Geschichte aus der Welt verschwunden und für immer in der Literatur angekommen bin. Profan gesprochen: Ich bin in jener Nacht absichtlich gegen diese Wand gefahren und habe meinen Tod vorgetäuscht.

Ich schreibe euch, weil ein Gesamtkunstwerk, das niemand kennt, eine Verschwendung wäre. Ihr werdet mit diesem Brief nicht zu Kommissar Pitter und seinem dicken Kollegen gehen, um zu melden, dass Richard Blain noch lebt und seinen Tod nur inszeniert hat, fraglos ein Delikt, ob das ein Verbrechen ist, sei dahingestellt. Die Polizei wird sich das volle Programm zur zweifelsfreien Identitätsfeststellung mit Zahnabdruck sparen und den Vorfall als Unfall abhaken. Schon alleine wegen der Versicherung, die einer verlassenen Frau nichts zahlen, sondern ihr zur Scheidung raten würde, werdet ihr schweigen – und wissen, was niemand außer uns dreien weiß.

Ich schreibe euch, weil ich nicht einsam, aber alleine sein will, verbunden mit den Menschen, die ich am meisten liebe. Uns drei verbindet ein Geheimnis, das tiefer reicht als die größte Liebe. Aber ihr werdet nicht mehr alleine sein. Ich bin für den Rest unserer Zeit auf Erden in eurer Nähe. Ihr werdet nie wissen, wo ich bin, ich aber weiß immer, wo ihr seid. Und dieses Gefühl tut gut,

in ewiger Verbundenheit,
euer Richard